迷宮主《ダンジョンマスター》　マルス
「君と俺は、偶然出会った。それだけで助ける理由には十分だよ」
マルスの妹　クリス
「ここが都会……！」
ギルド受付嬢　ルーティ
「あなたは大成するような気がします」

先輩冒険者 ブレイズ
「任せとけ」
???
「…………」
奴隷少女　シルビア
「迷宮って凄い場所なんですね」

ダンジョンマスターの
メイクマネー

新井颯太

ぶんか社

CONTENTS

第一章

朝早くに村長から呼び出しを受けた。用件には心当たりがある。三日前から行方知れずになっている、俺の父のことだ。父は村を守る兵士を束ねる、兵士長を務めていた。

ところが、村長から聞かされた話は、予想していたものとはまったく異なっていた。

「え、借金……!?」

「それだけではない、マルス。クライスはその補填《ほてん》のため、村の金も使い込んでいたようだ」

父、クライスは借金をしていた。しかも、村長から金庫の鍵も任されている自分の立場を利用し、村の金に手を出していた。

そんなことは、あり得ない。父は真面目《まじめ》を絵に描いたような人間で、無用な借金も、あまつさえ村人の信頼を裏切ることなど、到底《とうてい》考えられなかった。

それは息子である俺がよく知っている。

「そんなはずない！」

思わず立ち上がって怒鳴る。俺の剣幕《けんまく》に、歳《とし》の離れた大人である村長のデニスは、腰が引けたようだった。

「だが、私の家にあった金庫から、金がなくなっているのは事実だ」

「父以外の人が盗んだんですよ！」

「それは、私が盗んだ……ということか？」

「そういうつもりでは……」

この村で金庫の鍵を持つのは二人だけだ。金庫を自宅で管理する村長と、もしもの時のために鍵を預けられていた父。状況証拠しかないとはいえ、父が犯人でないとすれば、村長が犯人だと明言するに等しい。

辺境と呼ばれる地域にある、二代も三代も前から権力の構図を受け継いでいるような閉鎖的な村では、村長を犯人よばわりする俺の言うことなど、誰も信じてはくれないだろう。村長が黒だと言えば、村人全員が父を犯人だと認識することになる。

ここは下手に村長を刺激せず、唯々諾々《いいだくだく》と従うしかない、と俺は考えた。

「分かり、ました……」

俺の納得いかない内心を見抜いたのか、村長は憮然《ぶぜん》とした態度で言い放つ。

「失踪前、私はクライスと話していた。当然、私は彼を疑ったが、彼は否定し、捜索に協力を申し出てくれた。だが、その晩に姿を消したということは……」

「父が家族を置いて逃げ出したって言うんですか⁉」

あり得ない。父は、結婚前の母を都会から強引に連れ出してしまうほど、一途に母を愛していた。父が母や俺たち家族のことを、いきなり放り出すはずがない。

だが、三日前の晩から、村人の誰一人、姿を見ていないのも事実だ。人目を忍んで逃げたと言われても、否定のしようがない。

これ以上は水掛け論だ。村長が否認する限り、状況証拠が俺の父を犯人と証明してしまうだろう。

「……それで、俺にどうしろと言うんですか？」

「こういう場合、家族に補償してもらうのが筋だろう」

「……いくらですか？」

俺は、村長が口にした金額を聞いて目眩《めまい》がした。

金貨五〇枚。

金貨一枚ですら、この田舎村なら家族五人でひと月は楽に暮らせる。途方もない金額だ。

「そんな大金払えません」

「だが、早急に補償してもらわなければならない」

俺が絞り出すように言うと、村長はにべもなく突っぱねた。どうやら話によると、隣村とのトラブルを解決するのに必要な金だったのだという。

こうした村同士の問題は、小規模であろうと放置すれば村人を苦しめることになる。一刻も早い解決が望ましい。今回の場合、待てて一ヶ月が限度だそうだ。

「一ヶ月あったところで、無理です」

「では、もう一つの方法を選択するかね」

またしても、村長の提案に目眩を覚えてしまった。

俺の家には歳の割に若く見える母と、十二歳になる妹がいる。村長の提案は、彼女たちの身を売れ、という信じられないものだった。そんなものを呑《の》めるはずもない。

「どうする？」

どうする、と言われても困る。

村の兵士長をしていた父の給料でさえ、月に金貨三枚だった。それだって、父の職務が危険であることを鑑《かんが》みた手当が含まれているからこそだ。普通に働いていては、そんな額には到底手が届かない。

　少しずつしていた貯蓄も、四年前に都会で騎士になった兄の支度《したく》金や、いずれ兵士になる俺のための装備を揃えるので使ってしまったはずだ。

　我が家にはとても、金貨五〇枚という大金は残っていない。

　兄には頼れない。騎士とはいえ、若いうちは給料だって自分のことで手一杯な程度の額なのだ。

　それに、大変な中でも家族に心配を掛けまいと振る舞い、手紙を出してくれる優しい兄の負担にはなりたくない。

「俺が用意します……」

「お前が？　だが、どうやって？」

　考えはある。ただし、そのためにはあまりに分の悪い賭けに挑まなければならない。

「お金は必ず用意します。だから、母や妹に手を出すような真似《まね》は絶対にしないでください」

「……いいだろう。十日だ。十日後には、この村へ商人が訪れることになっている。それまでに必ず用意しろ」

「ありがとうございます」

　この時、頭を下げ、礼を述べた俺は、屈辱と憂鬱《ゆううつ》を押し殺していた。

☆　☆　☆

「そんな……」

俺の報告を聞いた母、ミレーヌは、その場で崩れ落ちて泣き出してしまった。この三日、気の休まらない時間を過ごした上で、絶望的な報《しら》せを一度に二つも聞かされたのだ。気丈でいられるはずがない。

妹のクリスも、母譲りの美しい顔を悲痛に歪《ゆが》めていた。

「本当、なんですね」

十二歳のクリスには重すぎる現実。しかしそれでも、彼女は喚《わめ》くこともせず、母に寄り添った。

「それで、どうするんですか？」

「冒険者になろうと思う」

冒険者とは、危険を冒し、財宝や稀少な素材を手に入れんとする者たちを指す言葉だ。依頼を受け、その報酬を受け取って生計を立てる者もいる。

「そんな、危険よ！」

母が言うように、冒険者の仕事は過酷で危険だ。時おり出現する魔物には、熟練の冒険者すらあっさり殺してしまうような力を持ったものもいる。

俺にあるのは、父から教わった武芸の腕だけだ。村の近くに出没する魔物程度なら、苦もなく倒せるくらいには、腕っぷしに自信はある。

だが、その程度では母の不安は解消できないらしい。

そしてクリスも、

「冒険者になったくらいで、金貨を五〇枚も、すぐに稼げるのですか？」

と、疑問を口にした。もちろん簡単なことではない。十日で金貨を五〇枚など、駆け出しの冒険者には到底不可能な話だ。

それでも、望みを託せる方法が一つだけある。

「迷宮《ダンジョン》へ行ってみようと思う」

以前兄から、金銀財宝が手に入る『迷宮』の話を聞いたことがある。危険は通常の冒険者稼業と比較にはならないが、そこでなら一攫千金《いっかくせんきん》も夢ではないのだと。

「……お兄様がそう言うなら、私は止めません」

俺の覚悟を汲《く》み取ってくれたのか、クリスは引き下がった。

出立の準備を整えると、母が俺に声を掛けてきた。

「私たちは、あなたの帰りを信じて待っているわ。けど、お金を用意できなかったとしても自分の責任だと思わないで。それから、自分の命を大切にすることを忘れないで。いくら、お金を用意できたとしても、あなたがいなかったらなんの意味もないんだからね」

内心の不安を隠さず、そう言う母に、「分かっています」と安心させるように応えた。

☆　☆　☆

兄のカラリスが騎士として働く都市、アリスターは、村から馬車で半日ほどの場所にある。ミルクを売りに行こうとしているおじさんにどうにか頼み込み、馬車へ乗せてもらい、俺は暗くなる前にアリスターへ到着していた。

「え、借金……？」

借金のことを兄に切り出すと、奇《く》しくも俺と全く同じリアクションだった。失笑しそうになるが、なんとか堪えて事の経緯を説明する。

ここ、アリスターは冒険者の街だ。故郷のデイトン村を含んだアリスター領は辺境だが、そこにしか現れない魔物や素材を求める冒険者で賑《にぎ》わっている。

「しかも父さんが行方不明だなんてな。こんな時、十分に力になれなくて申し訳ない。本当なら、長男である俺がどうにかしなければならないというのに……。せめて、これを受け取ってくれ」

そう言って兄は金貨を五枚握らせてくれた。

だが、それを返し、俺は「気持ちだけ受け取っておきます」と伝えた。兄だって生活がギリギリなのは俺も知っている。

「本当に冒険者になるつもりなのか？」

「ええ。でなければ、期日までに全額の返済は不可能です」

「俺も同じ意見ではあるが……はぁ。昔から頭のいいお前のことだ、きっと無茶はしないと信じているが、必ず帰ってくると約束するんだぞ」

溜息《ためいき》と共に、兄は渋々といった様子で俺が冒険者になるのを了承してくれた。

翌日。騎士の宿舎にある兄の部屋へ泊めてもらった俺は、兄の案内でとある建物を訪れていた。

「ここが冒険者ギルドだ」

重そうな木製の扉の前で、兄はギルドの紹介をしてくれた。ここは、冒険者が登録や依頼の受注を行う施設であるらしい。

「ありがとうございます」

「気にするな。俺に協力できるのはここまでだ。本当にすまない」

兄は俺を激励してから踵《きびす》を返し、去っていった。今日もこれから、騎士としての務めを果たすのだろう。

俺は気を取り直し、扉に手を掛けた。中にいた数人の冒険者らしき人たちが、こちらへ視線を向けてきた。部外者を見るような遠慮《えんりょ》のない目に、わずかに気分を害される。

「ようこそ、冒険者ギルドへ。本日はどのようなご用件でしょうか？」

五つあるカウンターの一つが空いていたのでそこへ行くと、綺麗《きれい》な金髪の美女が応対してくれた。胸の名札には『ルーティ』と刻まれている。

「冒険者の登録をしたいんです」

「新規のご登録ですね。こちらの書類に、必要事項を記入してください。代筆は必要でしょうか？」

「大丈夫です」

父からは、「役に立つことがあるかもしれない」と読み書きを教わっていた。都会で生まれ、きちんと教育を受けた人たちと違い、俺たちのような田舎の村に住んでいる人間にはほとんど必要ないから、大人になっても読み書きのできない人間はデイトンでは珍しくなかった。

父のおかげで兄も騎士として恥をかかずに過ごせている。父の真面目さに、俺は内心で感謝した。

書類には名前と年齢の他、得意技能を自由に書く欄があった。ギルドがまだ登録したての冒険者に、仕事を紹介する際に使う情報だろう。

「――マルス、十五歳。技能として剣術と槍術《そうじゅつ》、それに【土属性】の魔法が少し使える、と」

特に隠すような理由もないため正直に申告する。

剣と槍の扱いに関しては、兵士を目指していたこともあって父から教えられている。

【土属性】の魔法も、本職の魔法使いに比べれば使えると言うのも烏滸《おこ》がましいレベルだが、最低限は使える。

ルーティさんは、特に大きな反応を見せることもなく書類を確認している。

「うーん、なるほど。特別なスキルでもあれば優遇できそうなんですが……」

「ダメですか？」

「いえ、登録は問題ありませんよ。ただ、マルスさんの場合は特筆すべき技能がないので、最低ランクからのスタートになります」

「ランク？」

「はい。冒険者の制度についての説明は必要でしょうか？」

俺が頷《うなず》くと、ルーティさんは説明をしてくれた。

冒険者には実力や功績を鑑みたランクが与えられる。そしてギルドが張り出す依頼も、難易度に合わせてランクが設定される。自身のランクよりも一つ上のランクまでなら依頼は引き受けられる、という仕組みだ。ランクは上からS、A、B、C、D、E、F、G。

一般的にSとAランクが上級、B～Dランクは中級、それ以下は下級冒険者として分類され、Dランクに上がるには試験が必要となる。上級であるAランクともなれば、さらに条件が課されるらしい。

俺が割り振られようとしているのはGランク。最下級のため、街中での雑用程度の仕事しかない。普通ならここから始まるため、稼げる依頼を受けられるのも先になるのだが、ルーティさんはもう一つ有益な情報を教えてくれた。

「スキップという制度があります。ある程度の技能を持っている人は、上のランクで登録されることになります。ステータスカードはお持ちですか？」

言われて、一〇センチ程度の小さなカードを差し出した。魔力を流すことで自身の強さを可視化する物で、名前や年齢も表示されるため、身分証としても使えるのだ。

申請すれば一枚は無料で発行されるが、もし失《な》くせば再発行には高額な手数料が掛かってしまうので、絶対に紛失してはならない。

「どうぞ」

特に見られて困るようなステータスでもないので、カードをカウンターへ置く。

＝＝＝＝＝＝＝＝＝＝＝＝＝
名前：マルス　年齢：十五歳　職業：なし　性別：男
レベル：10　体力：90　筋力：76　敏捷：48　魔力：22
スキル：なし　適性属性：【土】
＝＝＝＝＝＝＝＝＝＝＝＝＝

レベルは魂の強さだ。村の外に出る魔物を倒せるくらいの強さはあると自負しているが、普段こまめな確認なんてしないので、改めて数値を見ると不思議な感覚だった。

ところが、ルーティさんはなんとも言えない顔をしていることに気づいた。

「微妙ですね」

「び、微妙……？」

「はい。レベルは比較的高いと思いますが、全体的に数値が低く、スキルをお持ちでないので……。とはいえ、Gランクから始める必要のあるステータスではありませんし、Fランクへのスキップは可能だと思います」

それで構わない。どうしても欲しかったのは、街の外で冒険者として活動するためのF以上のランクだ。それがなければダンジョンにも行けない。これ以上を欲張る必要はない。

「他に何かございますか？」

優しい笑みを浮かべる受付嬢。恐らくは営業スマイルだろうが、ずっと気を張っていたから、心が安らぐのを感じた。俺が何もないと答えると、ルーティさんは真っ白なカードを俺の前に置いた。

「では最後に、このカードに魔力を注《そそ》いでください。これは冒険者カードといって、あなたが冒険者であることを示し、依頼を受注するための物です。再発行はお金が掛かりますので、どうか失くさないようお願いします」

もし失くせば、依頼を受けられず再発行もできない状態に陥《おちい》る可能性もあるのだ。気を付けなければいけない。

「魔力が注がれると、こちらの対になったカードに、あなたの『生存反応』が表れるようになります。もしもあなたが、どこか人知れぬ場所で命を落とした時や行方が知れなくなった時も、ご家族に情報が伝わるようになっています」

言われた通りに魔力を注ぐと、カードにはランクと、拠点であるアリスターの名前が表示された。

「以上で登録は完了しました。試しに、何か依頼を探しましょうか？」

普通ならここで、自身の実力を測るべきなのかもしれないが、生憎《あいにく》俺にそんな時間はない。

「迷宮に挑みたいんですが」

そう告げると、ルーティさんは呆《あき》れたような溜息を吐《つ》いた。何かまずいことを言っただろうか。

「あなたも、一攫千金を夢見ているんですか？　私は立場上、危険だからとあなたを止めることはしません。冒険者は全て自己責任ですから。ですが全てが無駄にならないよう、最低限のご説明はさせていただきます」

「お願いします」

ルーティさんはその後、真剣な表情で警告を含んだ説明をしてくれた。

迷宮の魔物は、俺の実力であれば三階くらいまでなら苦戦はしないだろうこと。中の構造は一定周期で変化してしまう『構造変化』が起こること。他、迷宮内のルールなど。

説明の後、ルーティさんは簡素な地図を渡してくれた。初心者には無料で渡されるらしい。

「後は装備ですが……ギルドでお貸しできる物は有料になってしまいますが、如何《いかが》いたしますか？」

「それは明日以降に考えます。ありがとうございました」

ルーティさんに礼を述べ、俺はギルドを後にした。

去り際、他の冒険者たちとも目が合った。彼らは皆、当初のよそ者を見る警戒した目ではなく、初心者を見る微笑《ほほえ》ましげな目をしていた。

☆　☆　☆

「ここが迷宮か」

街を出て街道をしばらく歩き、広がっていた長閑《のどか》な風景が終わる頃、賑やかな場所が見えてきた。木や布で組まれた簡素な建物で、シートを広げて商売をする者までいる。

「ちょっと予想していたのと違うな」

もっと殺伐とした場所を想像していたのだが、まるで小さな集落のように活気に溢《あふ》れていた。

だが、中心にある小さな丘には、ポッカリと大きな穴が開いている。そこからはただならぬ気配が漂っていた。恐らく、迷宮の入り口だろう。

穴の前に立っている門番に冒険者カードを見せる。俺とカードをしばし見比べた後、

「そんな装備で大丈夫か？　くれぐれも気を付けろよ？」

と心配するような言葉と共にカードを返してきた。彼から見ても、俺の装備は心もとないらしい。

迷宮は満月の日に構造が変化する。次の構造変化は五日後。それが起これば、中の財宝も再出現するらしい。それまでには迷宮に慣れようと思った。

「よし、やるぞ」

決意と共に穴の中へ入っていく。石でできた階段を降りていくと、地下とは思えない明るさの洞

窟に出た。

説明によると、ここは洞窟フィールドと呼ばれる場所らしい。壁に特殊な鉱石が埋まっており、それが光源となっているのだ。洞窟は、一階から一〇階まで続いているらしい。

迷宮は大昔からある。それこそ、二千年近く昔から記録が残っており、中は絶えず変化を続けるものの、大枠は変わらないのだという。

しかも、かつて起こった『大災害』と呼ばれる現象の際に失われた記録もあるらしく、下手をすればもっと昔から存在していた可能性もある。

さて、迷宮では所々で、宝箱が見つかるらしい。その中には金貨がぎっしり詰まっているということもある。出現場所は完全に不定で、初心者の俺にもチャンスはあるということだ。

早速探しに歩き出そうとして、ルーティさんの言葉を思い出した。

「おっと、まず迷宮へ入ったならこれに触れておくように、だったな」

彼女から教えられた注意事項の中に、各階層の入り口にある大きな結晶に触れておくこと、というものがあった。触れてみると、ポワ、と温かな光を発した。

これは『転移結晶』と呼ばれる物で、触れて登録すると、登録した階層へ結晶を通じて瞬時に転移できるようになるのだ。たとえ深層でも一瞬で一階まで戻ってこれるので、強力な魔物に追われる時などにも使えるのだという。

先へ進もうとすると、結晶が光を放った。慌ててその場を離れる。

「クソッ、今回はついてねぇな」

「まあまあ、それなりに素材は多く手に入ったんだから良しとしましょうや」

「そうだぜ、リーダー」

光が収まると、いつの間にか結晶のそばに六人の男が立っていた。

「こいつを売って今日は酒でも飲むか」

剣士らしき男が二人、斥候《せっこう》のような軽装の者が一人、後は弓士に魔法使い、そしてほとんど戦えなさそうな荷物持ちのような男が一人ずつ。どうやらパーティを組んでいるらしい。

「ん、なんだボウズ？」

先ほどリーダーと呼ばれていた剣士の男が、俺に見られていることに気づいた。

「すみません。転移結晶が使われるところを初めて見たので……」

「ああ、初心者か」

「そうです」

俺が答えると、男は仲間たちに目配せしてから、俺に向き直った。

「よし、ならいいことを教えてやる。いいか？　迷宮には、意思がある。迷宮は、訪れた者が迷宮内で消費した魔力を吸収するんだ。だから、迷宮は多くの者を呼びたいと考えている。だから初めて迷宮へ来た奴には、特別な恩恵を授け、リピーターにしようとするんだ」

どうしてそうなっているのかは分からない、と付け加え、男はニヤリと笑った。

「だから、お前みたいな初心者ほど、お宝を見つけやすいんだ」

「っ！　じゃ、じゃあ……！」

「ああ。浅い階層でも、迷宮の意思があれば凄《すご》いお宝が見つかるかもな」

おおぉ……！

それは、凄い情報を聞いた。冒険者ギルドでは教えてくれなかった情報に心躍る。

「ありがとうございます！　皆さんは、これから町へ帰るんですか？」

「ああ、そのとおりだ。ちょっと無茶をしちまったせいで仲間の一人が怪我《けが》をしちまった」

「え……!?」

「気にするほどのものじゃない。しばらく放っておけば治るような怪我だ。でも、決まってそういう時に痛い目を見ることになる。だから引き時が肝心なんだ。特に新人のうちは無茶をする奴が多い。お前も迷宮へ挑むなら、気を付けて進んだ方がいいぞ」

「ご忠告ありがとうございます」

強面《こわもて》な外見とは裏腹に、男は親切だった。俺は彼らに礼を述べ、別れた。

「とりあえず奥へ進んでみるか」

地図に視線を落とす。無料で貰《もら》えたのは大雑把《おおざっぱ》で簡素な地図だ。これでも初心者の俺からすればだいぶありがたい。とりあえずこの階層では、迷宮に慣れることを目的として奥へ進んだ。

☆　☆　☆

迷宮探索を開始してから数十分。溜息を吐いて、その場で一休みすることにした。

父の仕事を手伝っていた時の方が体力的には疲れるのだが、いつ襲われるとも分からない状況で、慣れない洞窟の中を地図だけを頼りに進むのは、精神的に疲れさせられた。

気を引き締め直していると、何かが奥から聞こえてくるのに気づいた。

「話し声……？」

三〇メートルほど先の曲がり角。その向こう側から、奇妙な声が聞こえていた。慎重に近付き、覗《のぞ》き込んだ俺は息を呑んだ。

『ゴブッ、ゴブッ』

声の主は人ではなく、子鬼のような魔物、ゴブリンだった。二体が向かい合い、俺には意味の分からない鳴き声で会話しているように見える。

ここまでは一本道で迂回《うかい》は不可能。であれば、倒すほかない。腰に差した剣に手を伸ばし、こちらへ背を向けている手前のゴブリンに注視しながら、曲がり角を飛び出す。

『ゴブッ!?』

奥のゴブリンがこちらへ気づくが、手前のゴブリンが振り向く前に背中から突き刺した。

『グギャァッ!?』

抵抗もできずゴブリンは息絶える。俺は急いで剣を引き抜き、後ろへ跳んだ。向かいのゴブリンが殴り掛かってきたのだ。直前まで立っていた場所に石のような拳が打ち付けられる。生まれた一瞬の隙に、剣を振るって斬《き》り掛かった。

胴をバッサリと斬られたゴブリンはその場に倒れる。まだ痙攣《けいれん》するように動いているので、小さな首を刎《は》ねてトドメを刺した。負傷した魔物は気が荒くなり、さらにこちらも油断してしまうことが多い。

だからトドメは確実に刺せというのが、兵士として長年村を守っていた父の教えであった。

「思ったより弱いな」

拍子抜けだが、ここで慢心してはならない。何故《なぜ》ならゴブリンは迷宮内で最も弱い魔物であるし、奥へ行くほどに魔物も強くなるのが迷宮だからだ。それはまるで、探索者のレベルに合わせるかのように……。

さて、問題はゴブリンの処理についてだ。

魔物の体は、解体すれば素材として売れることが多い。たとえばホーンラビット《角兎》は角や肉、毛皮が売れる。そういった物は衣類や食料に加工され市場に並ぶのだ。

ところが、ゴブリンの場合、売れるような素材がない。肉は食用に適していないし、防具や衣服に使えるような皮膚《ひふ》も持っていなければ、爪も人間程度の強度や大きさしかないため武器にもできない。

頻繁に現れるくせに、旨味《うまみ》が少ないこともあって毛嫌いされているのがゴブリンだ。

唯一売れる物は、体内にある『魔石《ませき》』だ。魔物の体内に必ずある、魔石と呼ばれる石は、魔物が活動するための原動力となっているらしい。

魔石は魔法道具を使うのに動力源として必須なので、どんな大きさであっても売れる。

リュックから安物のナイフを取り出してゴブリンの胸を切り広げ、革手袋を着けて中に手を突っ込む。

「うっ……」

獲物《えもの》の解体も経験があるにはあるのだが、どうも慣れない。

中から小さな魔石を取り出す。これで、銅貨数枚分といったところだろう。

銅貨は一〇枚でパン一つくらい。もっと倒さなければ、パンも買えないということだ。

迷宮内では死体は勝手に消えるようなので、このまま放置して先へ進むことにした。

☆　☆　☆

歩くこと一時間ほど。簡素とはいえ、決して間違っていない地図もあったおかげで、予定より早くに下の階へ降りる階段に辿《たど》り着けた。

道中でゴブリンを四体ほど倒しているが、地図がなければもっと時間が掛かっていたはずだ。

長い階段を降りた先には転移結晶があった。触れて階層を登録してから、頭の中で移動可能な階層をイメージしてみる。すると、一階の転移結晶が頭に浮かんできた。これで、転移結晶を通じて移動ができる。

さて、ここからどうするか。入ってからそう時間も経っておらず、ゴブリンとの戦闘だけでは迷宮に慣れた、とも言い難《がた》い。

ここはさらに奥へ進んだ方がいいと感じた。とりあえず、三階を目指してみる。

ところが二階は、一階ほど順調に探索が進まなかった。

まず、大雑把な地図の欠点として、微妙に違う方へ延びる二本の道のどちらを選べばいいか分からない。お金を出してきちんとした地図を買え、ということなので仕方ないんだろうけど……。

「大きく方角を間違わなければ大丈夫だろ」

とりあえず手前にある通路を進むことにした。間違っていれば、戻ればいい。少し進むと、通路の先に三体のゴブリンが見えた。岩陰《いわかげ》に身を隠しながら近付き、最初の時と同じように、不意打ちで一体を倒そうとした。

ところが、勘が鋭いのか、ゴブリンは直前で俺の襲撃に気づいてかわし、手近な石を掴《つか》んで殴り掛かってきた。

思わぬ反応に焦りそうになるが、戦いは冷静さを失った者から負ける、という父の教えに従って目の前の脅威に落ち着いて対処する。

ゴブリンの攻撃をかわし、背中を斬り裂いてやった。一撃で倒れた仲間などお構いなしに、他のゴブリンが殴り掛かってきたので跳んで避ける。

こいつらは知能の低い魔物なので、敵を前にすると単純に殴ることしか頭にない。だから足元も見えず、仲間の死体に躓《つまず》いて転んでいた。その隙を逃さず、剣で一体ずつ仕留める。

トドメを刺したのを確認してから、息を吐いた。

「やっぱり一人だと大変だな……」

父と村の周辺で魔物を狩っていた時は、失敗を父がカバーしてくれたので苦ではなかった。今は一つの失敗が死に繋《つな》がる不安がある。

三階まで行ったら帰ろう。改めてそう考えながら、ゴブリンの魔石を拾うべく屈《かが》むと、

『キキッ!!』

「うわっ!?」

頭上を風が通り過ぎた。慌てて見上げると、薄暗い天井で何かが蠢《うごめ》いている。その数、一〇体以上。鋭い牙を持った大きな蝙蝠《こうもり》――ファングバット《牙蝙蝠》だ。

ギルドで、初心者にとって厄介な魔物だと教えられたばかりなのだ。一体や二体ならまだしも、

こんなに多く一度に相手はできない。堪《たま》らず通路の先を目指して逃げ出した。

後ろから追ってくる翼の音と同様のものが、前からも聞こえてくる。それも、数が多い。

前後を挟まれ窮地《きゅうち》に陥る。だが、こんな時こそ冷静になれと教えられていた。その場に立ち止まり、意識を集中させ周囲を見回す。

「げっ⁉」

すると、壁の一部から光が漏れているのが見えた。駆け寄ると、岩壁に隙間があった。

隙間は人が通れる大きさではないが、よく見ると大きな穴を塞《ふさ》ぐように岩が置かれているらしく、明らかに向こう側に何かがあることを匂わせる。

どうにか岩を動かせないかと隙間に手を入れて力を籠《こ》めると、なんと扉のように岩が横にスライドした。

その先には広い部屋があった。滑り込み、物陰に隠れる。

『キィッ』

『キキッ』

ゴブリンのように会話しているのか、複数のファングバットが鳴いた後、羽音が遠ざかっていった。思わず安堵《あんど》の溜息を吐く。

改めて部屋を見回すと、どうやらここは隠し部屋であるようだった。

ギルドの説明だと、こうした入り口が隠された部屋には、財宝が置かれていることが多いのだそうだ。

早速《さっそく》財宝を探すと、部屋の奥にポツンと箱が置かれているのが見えた。駆け寄って開けてみると、そこにはなんと、二〇枚ほどの金貨が詰まっていた。

「やった……！　これだけあれば、返済にも役立つ……！」

金貨を掬《すく》い上げ、感動に浸っていた時であった。

「おいおい、随分とすげぇお宝を引き当てたな」

突然響いた声に振り向くと、一階の結晶前で遭遇《そうぐう》した冒険者たちが立っていた。怪我をした仲間のために街へ戻ったはずなのに、どうしてここにいるのだろうか。

そこで、リーダーの男に教えられたことを思い出す。初心者は、思わぬお宝を見つけることが多いのだと。まさか、それを狙って尾《つ》けられていたのか？

「テメェみたいな奴はカモにしやすいんだ。前ばかり気にして、後ろにはちっとも注意できてねえ」

「……箱の中身をよこせ、なんて言うつもりですか」

「当然だ」

六人の冒険者が武器を取る。俺に勝ち目はない。ここで死ぬわけにはいかないので、断腸の思いで宝を手放すことにした。

「分かった、中身は全部譲る。だから武器をしまってくれ」

「そうはいかない」

「どうして!?」

「街に戻ってギルドにたれ込みでもされれば厄介なんでな。ここで死んでもらうのさ」

やっていることが完全に盗賊じゃないか！

抗議しても仕方がない。隙を突いて逃げるしかない。俺は剣を抜き、構えた。

「いいぜ、多少は抵抗してくれた方が楽しめる」

そう言うと、リーダーの男が突っ込んできた。振り下ろされた剣を、剣身で受け止める。相手の方が体格もステータスも勝っているため、一発一発が重い。数発受けると、剣がひび割れたような嫌な音を立てた。

「くそ、剣が……！」

「剣の心配をしてる場合かよ！」

蹴りが腹に叩き込まれ、地面をゴロゴロと転がされた。堪らず胃からせり上がる物を吐き出していると、リーダーが笑った。

「クッソ弱いな、テメェ」

その言葉を合図に、他のメンバーが一斉に攻撃を始める。ある者はナイフで俺の肩を刺し、ある者は背中を踏み付け、ある者は顔面を容赦なく殴り付けてくる。

「遊んでいるのか？」

「ああ。こんなに楽しめる奴は久々だからな」

「最後は俺にやらせてくれ。たまには生きた人間を焼いてみたい」

魔法使いの男が頭上に火球を出現させる。よろめきながら逃げる俺の脚に、すかさず弓士が放った三本の矢が刺さった。

もう避けることもできない。それが分かっているのか、魔法使いが放った火球は、ゆっくりとした速度で飛んできていた。防御は不可能ではない。

「【土壁《アースウォール》】！」

這《は》いつくばっている間に準備した魔法で土の壁を出現させ、火球を遮《さえぎ》る。だが、ここまでだ。これ以上はもう、防御ができない。何かないかと周囲を探るが、何も見つからない。

苛立《いらだ》たしげな顔をした魔法使いが、再び呪文を唱えるのを見ながら、俺は地面を舐めていた。

――ピシッ。

「なんだ、この音……」

俺はハッとなった。硬い岩にひびが入るような音が、下から響いている。

――見つけた。

「砕けろ！」

火球が到達する寸前、俺は地面に魔力をぶつける。すると、地面がひび割れ、崩落した。

落下していく視界に、冒険者たちの驚いた顔が映った。

限界を迎えた俺は、ざまあみろ、と悪態を吐くこともできずに落ちていった。

☆　☆　☆

「う……」

ゆっくりと意識が覚醒する。目を開けると、薄暗い空間に横たわっていた。ゴツゴツとした岩から生える結晶が放つ光が、わずかに部屋を照らしている。

全身がボロボロで、酷《ひど》く痛い。けど、生きている。瞬時に思い付いた賭けだったが、勝つことができた。

怪我の様子を確かめていると、服が湿っていることに気づいた。周囲に水は見当たらないので不思議に思う。

なんにせよ、今はここから脱出することを考えなければならない。

運良く転移結晶が近くに見つかったので、痛む脚を引きずりながら近付く。

もし今、魔物に襲われでもすれば一巻の終わりだ。

転移結晶に触れ、移動できる階層をイメージする。

「——えっ？」

思わず間抜けな声が漏れた。頭に浮かんだのは『一階』『二階』『六階』——『最下層』。六階までは運良く空洞が続いていたのかもしれないが、最下層とはどういうことか。

『帰るのは待ってくれ』

混乱する俺の頭に、不意に声が響いた。辺りを見回しても、声の主は見当たらない。

「誰だ!?」

俺と同年代くらいの若い声。周囲に人影が見当たらず警戒していると、声は言った。

『君を助けてあげた者だよ。まさか、幸運にも下層へ続く空洞が開いていて、さらに幸運にも落下死していないなんて思っていないだろうね』

「え……」

『この迷宮は僕の思うがままになる。説明するから、奥へ来てくれないかな』

言われて空間の奥を見ると、淡い光が見えた。光の周囲には神殿のような建造物が見える。

洞窟内に建つには不釣り合いに綺麗だ。怪しいが、本当に声の主に助けられたのなら礼の一つでも言わなければならない。

近寄ってみると、全容が見えてきた。神殿は真っ白な石でできており、中央には台座、左右には大きな扉がある。台座の上には、よく磨かれた丸い水晶が置かれていた。

声の主はおろか、人の気配すらない。疑問に思っていると、まるで察したかのような声が聞こえた。

『君の目の前にいるよ』

「まさか」

『そう。さっきから君と会話しているのは僕』

声は神殿の中央にある水晶から聞こえてきていた。

『それじゃあ自己紹介といこうか。僕は、この迷宮の管理をしている迷宮核《ダンジョンコア》だよ』

「迷宮核？」

『僕は、迷宮の命そのものであり、迷宮の管理をしている。僕を破壊すれば迷宮を完全に機能停止させる――つまり殺すこともできる。そういう存在だよ』

「本当に？」

『証明する方法は一つだけある。けど、そのためには君にある使命を担《にな》ってもらう必要がある。君は、引き受けてくれるかい？』

「どんな内容なのかも分からないのに、受け入れるわけがないだろ」

会話は成立するが、どうにも言っている意味が分からない。

「……っ」

不意に全身に襲ってきた激痛に顔を歪める。戦いで負った傷によるものだ。

『一方的で酷い戦いだったね。傷も深い』

「お前、なんで知って……」

迷宮核は、まるで見ていたかのようにはっきりとした口調で告げた。

『僕は迷宮そのものだよ。迷宮内で起こった出来事は全て把握することができるんだ。それに、君に限らず初めて迷宮を訪れた人は、特に注視するようにしているんだ』

平時なら気分が悪くなったかもしれないが、見てくれていたおかげで助かったのだから、文句を言うわけにはいかない。

『さて、まずは傷を癒やそう』

迷宮核がそう言うと、床に魔法陣が現れ、その下から浮かび上がるように宝箱が出現した。

『開けてごらん』

言われるまま開けてみると、中には一本の瓶が入っていた。

「これは？」

蓋《ふた》を開けてみると、強烈な匂いが鼻を衝《つ》いた。中は紅《くれない》色の液体で満たされている。匂いからして、ただの水ではない。魔法には多少の適性しかない俺でも分かるほどに、魔力が浸透した液体だ。

ポーション《回復薬》——服用することで体の傷を癒やし、体力をも回復してくれる魔法の薬。品質によって効果が変わるが、このポーションは村に常備されていた物とは比べ物にならない。まさに極上と呼べる物だと、匂いだけでも分かった。

『飲んでごらん』

怪しさはあるが、効果を試してみたいという誘惑には敵《かな》わず、一口飲んだ。

すると、たったそれだけでみるみるうちに傷が塞がり、体力も全快したのだ。

『さて、これで話がしやすくなったかな？』

初めて体験する最上級の効果に感心していると、迷宮核が話し掛けてきた。

「俺の傷を治してくれたことには感謝する。けど、どうして俺をこんな場所へ連れてきたんだ？」

『ん？　一階じゃなくて最下層への転移を望んだのは君自身だよ』

そう告げられ、俺は面食らった。てっきり迷宮核がなんらかの目的のために俺を呼んだのだと思っていたのだ。

迷宮核の話によると、俺を落下させる瞬間、迷宮を造り変え、落下先を六階の川にしたのだという。流れ着いた先は六階の入り口。そこで這々《ほうほう》の体《てい》で転移結晶に触れた俺は、与えられた選択肢の中から無意識に『最下層』を選んだ――ということらしい。

そこで一つの疑問が生まれる。

「どうして、俺に最下層へ行く資格があったんだ？」

迷宮核の説明を遮り、俺は疑問を口にした。転移できるのは行ったことのある階層だけだ。最下層への転移などできるはずがない。

『僕からのちょっとしたサービスかな。こんなことになって申し訳ないって気持ちがあったから』

「でも、助けてくれたんだろ？」

『結果としてそうせざるを得なかっただけだよ。僕自身の目的を果たすため、魔物や地形を操作して君を隠し部屋に案内したんだ。強欲な冒険者や魔物を利用したテストの一環だったけれど、合格しても死んでしまっては元も子もないからね』

「テストって？」

『優秀な人間――迷宮主《ダンジョンマスター》になるに相応《ふさわ》しいかを見極めるテストだよ。過去にもこうして、テストに合格した者がいた。全員が特別な存在、迷宮主になったんだ』

それを聞いた瞬間、俺の中でさらなる疑問が生まれてしまった。

「どうして俺なんだ？　俺は平凡だし、取り柄がない。これまでの被害者の中にもっとマシな人間がいたはずだ」

『いや、いなかったよ。絶望的な状況ですら、諦めず、機転を利かせて逃れられるか……。それを見極めるテストだけれど、ここ最近は誰一人として合格した者はいなかった』

それは違う、と俺は内心で思った。俺が死んでしまっては全ての負担が兄へ被《かぶ》さり、せっかく上手《うま》くいっている人生を邪魔してしまう。母とクリスも、不幸になる。そんなことにしたくなくて、死ぬわけにはいかなかった。それだけの話だ。

そんな風に返すと迷宮核は、

『それこそが必要なことだよ』

と、そう言った。

『武芸の才も、性質の善悪も関係ない。若く生命力に溢れ、確固たる意志で絶望を乗り越える強さと才知を持った者こそ、二百年以上も僕が待ち望んだ相手なんだ』

二百年!?

普通の人間では考えられない途方もなく長い時間、迷宮核はひたすらここで待っていたのか。

俺自身は平凡で、田舎の村の兵士として一生を終える人間だとばかり思っていたけれど、こうして特別な存在として認められるのは素直に嬉しかった。

だが、今の俺に、のんびりと迷宮を管理している暇などない。こうしている間にも返済の期日は刻一刻と迫っているのだ。

『もう一度あの金貨を見つけようとしているのなら、不可能だよ。だってあれは君を誘うために、僕が用意した物だからね』

「なっ!?」

断ろうとしていると、迷宮核に先んじられてしまった。

『けれど、あの程度は迷宮の力にしてみれば微々たる物さ。ご覧』

ポーションを出した時と同じく、魔法陣から宝箱が現れる。開いてみると、その中には数百枚は下らない大量の金貨が詰まっていた。

『手付金というわけではないけど、持っていくといい。迷宮主になれば、この何倍もの金貨を自由にすることだって可能だよ』

借金を完済できる、などというレベルの話ではない。一生家族に苦労させない暮らしもできるのではないか。

分かりやすく提示された誘惑に、抗《あらが》うことなどできなかった。

「……いいよ、迷宮主になる」

『やったね♪』

心の底から嬉しそうに、弾んだ声を上げる迷宮核に、俺は「まあいっか」という気持ちになった。

そして俺は、迷宮核の言葉に従い、迷宮主として認識されるために水晶に触れた。何も起こらないが、本当にこれで迷宮主になったのだろうか。

『全ての権限は君のものになっているよ。迷宮主として、ステータスもそれなりに強化されているけど、それが自然な状態として体に染み込むから、何かするまでは実感もないだろうね』

ステータスを確認しようとして、カードがなくなっていることに気づいた。剣や財布といった荷物も全て失ってしまっている。

『それなら、ここにあるよ』

どうやら迷宮核が拾ってくれていたらしく、魔法陣の下から俺の荷物一式が浮かんできた。安堵していると、迷宮核が話し掛けてきた。

『さて、引き継ぎも済んだところで、色々と説明しておこうか。まずは、この迷宮の成り立ちと、僕のことを話しておこう。これから末永くやっていく、パートナーとしてね』

その言葉の後、水晶の表面に何かが浮かんだ。どこか、荒れ果てた地の光景だ。止まった絵ではなく、まるでその場にあるかのような不思議なそれに息を呑む。

『これは魔法で記録した、映像というものさ。君は大災害は知っているかな?』

その現象なら、父から習って知っていた。

今より二千年以上前、異常気象によって地上が人の住めない場所になり、全ての文明が崩壊してしまった事件だ。その頃から魔物も異様に強くなってしまったのだという。

そう答えると、迷宮核は『その通り』と返してきた。

『迷宮は、荒れ果てた地上で絶望に沈んでいた人間たちに与えられた、避難場所だったんだ。ある日突然、誰かから与えられたそこは、地上と違い作物も育つ楽園だったんだよ。管理は迷宮核によって自動化され、地上が再び住めるようになるまでの長い時間を、当時の人々は迷宮の中で過ごしたんだ』

水晶に映し出された映像は、迷宮の中で生活を営む人々のものになった。

楽園とはいっても、人々の表情はどこか暗い。当然だ。たとえ作物が育とうと、空を拝むこともできないのだから。

『そんな暮らしが続いたある時、四人の少年が迷宮の最奥《さいおう》を目指した。他の人にはそんな余裕がなかったから、人々の暮らす二〇階から先の未知を自分たちで解き明かしたかったんだ。結果として――最下層に辿り着いたのは、二人だけだった。他の二人は魔物や罠に殺されたのさ。それでも当時の最下層である三〇階に辿り着いた二人は、そこにあった迷宮核から、ある選択を迫られた』

「選択？」

迷宮核は一拍置いて答えた。

『迷宮主になるのはどちらか、という選択だよ。ただ、これには一つデメリットがあってね。当時の迷宮核には人格もなかった。だから二人のうちどちらかが、迷宮核に自分の人格を転写して、迷宮主本人が死んでも、次の迷宮主が現れるまで迷宮を管理できるようにしなければならなかった』

それはつまり、もう一人の自分は永遠に孤独かもしれないということ。タダで迷宮主の大きな力を得られるわけではなかったのだ。

『結果として、一人は怖気《おじけ》づき、もう一人が迷宮主となった。その時の少年が、この僕だよ。正確には僕は、最初の迷宮主の人格を転写されただけの存在だけれど。僕のこと、子供っぽいと思っただろう？　何百年経っても、君とほとんど変わらない年齢で止まったままの精神は、これ以上成長ができないんだ。これが、この迷宮と僕自身の話だよ。僕がいるから、君の精神は核に転写する必要もない。僕も、久々に誰かと一緒にいられるようになって嬉しいよ』

俺は、迷宮核がどれだけ孤独な時間を過ごしたのか想像して顔を顰《しか》めた。誰とも触れ合わない中で、黙々と管理を続けるのは苦痛だっただろう。

しかも、死ぬことも正気を失うこともできない。俺は最初から、迷宮主の力だけを享受できる。幸せなことだと思う。

『さて、次は迷宮についての説明だ』

気分を切り替えるように、迷宮核は話を振ってきた。

『迷宮は、入ってきた者の魔力を吸収して、それを使って魔物や植物、あるいは土壌といった資材や財宝なんかを生み出せる。君にはまず、このシステムの無駄を削《そ》いでほしい』

「無駄？」

すると水晶の表面に、全ての階層の情報が表示された。どのくらいの広さか、どのくらいの魔力が割かれているのかなどだ。

広さと魔力は比例しているらしく、広ければ消費魔力量も多い。

だが、比率を考えれば浅層から深層まで、均等に分配されているように思える。どこに無駄があるのだろうか。

……いや、待てよ。そういうことか。最下層付近に到達する冒険者は稀《まれ》だ。消耗もしていない物を、定期的に入れ替えるなど無駄極まりない。中の生き物や環境だけを維持できればいいのだ。

それを認識し、調整するように意識すると、全体的な魔力に三割も余裕ができた。

『ありがとう。迷宮主であった頃の僕は、魔力の分配を深く考えずに核に命じたらしいんだ。核としての僕では、その命令は変更できなかったし、これまでの迷宮主の中にもその重要性を真に理解できた者はいなかったんだ』

「ふうん……。でも、これぐらいだと仕事した気になれないな」

迷宮主と聞いて身構えていたのだが、少し考えただけで終わってしまい、拍子抜けしてしまった。

『じゃあ、こういうのはどうかな？』

上から見下ろしたような地図が核の表面に浮かんだ。ギルドで貰った地図と似ているが、より詳細な一階の地図のようだ。

迷宮核に促されて触れてみると、イメージ通りに道が引かれた。どうやら、俺の意思で自由自在に構造を造り変えることができるらしい。

「あれ？　でも、迷宮の形って『構造変化』の日にしか変えられないんじゃ？」

『それは誤解だよ。いつでも構造が変わるんじゃ、あまりにも困難に思えて入るのを躊躇《ためら》ってしまうだろう？　だから、決まった日にだけ構造が変わると周知させれば、対策できるし、入りやすくなるからね。このルールは迷宮主が死んでも、変えないようにしていたんだ』

「なるほどな。好き勝手にするわけにはいかないのか……」

とはいえ、構造変化の日にどんな形の迷宮にしようかと考えるのは、不覚にもワクワクしてしまう。あれこれ頭の中で考えていると、地図上を赤い点が移動しているのに気づいた。

「これは？」

『それは侵入者だよ』

赤い点はゆっくりした足取りで先へ進み、少し進んでは辺りを見回しているようだ。

『これは初心者だね』

「分かるのか？」

『動きを見ればね。侵入者の詳細は、記録としても残るけど』

「へぇ」

『君もあんな動きしてたんだよ』

「嘘っ!?」

改めて言われると恥ずかしい。慎重すぎるのか、さっきから初心者の点はほとんど動いていない。

『気になるのは初心者君の後ろだね』

赤い点の後ろを見ると、死角に隠れるようにして六つの点が移動していた。注視すると点の一つ一つの情報が表示され、俺は「あっ」と声を上げてしまった。

間違いなく、俺を襲った冒険者たちだ。忘れるはずもない。

『昨日の今日で同じことをして、芸のない奴らだね。まあ、そんなだからテストにはもってこいだったんだけど』

「あいつら……ん？　昨日の今日……？」

『あ、言ってなかった？　君が迷宮に入ってから一晩経っているんだ。全然、目を覚まさないから、そのまま死ぬんじゃないかと思って焦ったよ』

「はあ!?」

『時間を気にしているのかい？　返済できる分の額は手に入ったじゃないか』

「いや、そうじゃなくて……」

アリスターで俺の帰りを待つ兄さんが気掛かりだ。すぐに帰るつもりだったからろくな準備もしていなかったのは知っているし、戻ってこない俺を案じて、捜索願《そうさくねがい》を出しているかもしれない。

けれど、目の前で起ころうとしていることを見て、放り出して帰るわけにもいかなかった。

俺はこうして生きているし、遅く戻ったところで兄に怒られるだけだ。でも、今まさに襲われようとしている人は、命を落とす危険性が高い。

早速助けに行こうとしたが、父から貰った剣は刃がひび割れて使い物にならなくなっていた。

『武器が欲しいのかい？』

「ああ。なんでもいいから、剣が欲しい」

『なら、これを使うといい。就任祝いってところさ』

三度《みたび》、宝箱が出現した。開けてみると、中には白い柄の剣が入っていた。鞘《さや》から抜いてみると、美しく磨き抜かれた漆黒《しっこく》の刃が現れ、その迫力に圧倒されてしまう。

『それは神剣《しんけん》と呼ばれる類《たぐい》の物だ。本来、【迷宮操作：宝箱《トレジャーボックス》】の力で君が自由に生み出せる物だけど、お手本として僕が作ってみたよ』

「こんな凄い剣、貰っていいのか？」

手にしただけで剣に秘められた力が理解できた。軽く振っただけで、何年も使っていたかのように手に馴染《なじ》む。

『既に迷宮の魔力は君のものだ。だから、それをどう使おうが、必要だと思うのなら自由にするといい』

そう言われたので、俺は早速魔力を使い、装備を調えさせてもらった。

ボロボロの服は脱ぎ捨て、新しい服と魔法が付与されたコートを作り、纏《まと》う。

『それじゃあ、気を付けて。といっても今の君なら、小狡《こずる》いだけの人間には負けないだろうね』

確かに負ける気がしない。迷宮核に見送られ、俺は転移結晶を使って二階へ飛んだ。

☆　☆　☆

昨日に引き続き、今日も迷宮へ潜った俺たちが見たのは、不安そうに歩く初心者らしき冒険者だった。昨日の奴はいいカモだった。殺すことはできなかったがあの穴に落ちれば助からないだろうし、大量に金貨が手に入った。

冒険者として成長が頭打ちになり、成果を挙げられず苛立っていた時、魔が差して初心者の財宝を横取りしたのがこの稼業の始まりだったが、これが不思議と上手くいっていた。

まるで迷宮が味方するように、初心者は俺たちという危機に追い詰められやすいのだ。

だが、こんなことがいつまでも続くとは思っていない。いずれは稼ぎ場を変えなければならない。

特に昨日始末したガキは、身内に騎士がいたらしい。ケチが付く前に去らなければ……。

「リーダー」

仲間の一人が、獲物がファングバットに追われているのを確認し、合図を送ってきた。後は隠し部屋を見つけた獲物が飛び込んだら、中へ入って始末すれば終わりだ。……そのはずだった。

機を見計らって中へ押し入った俺たちが見たのは、宝箱が置かれているだけの無人の部屋だった。

「あ？　あのガキ、どこへ行った？」

小部屋の中に姿が見えない。俺たちの立つ入り口と、昨日のガキが落ちた穴以外に抜け道はなく、中はどこかに隠れることも不可能だ。穴へ飛び込めば最悪死ぬ。そんなリスク、誰も取らないだろう。第一、初心者がこの尾行に気づけるはずもない。

不審に思いつつ中へ入り、慎重に宝箱を開ける。すると、中には昨日以上にぎっしりと金貨が詰まっていた。

「これは……！」

これだけあれば、しばらくは遊んで暮らせるだろう。ほとぼりが冷めるまで田舎にでも帰ればいい。しばしそう考えていた俺だったが、仲間の叫びで我に返った。

「入り口が閉じるぞ！」

ゴゴゴ、と重い音と共に、入り口を塞ぐ岩が閉じていく。その向こうに、さっきまで追い掛けていた獲物が駆けて逃げるのが見えた。

「なっ⁉　お、おい、脱出だ！　急げ！」

どういうわけか獲物は尾行に気づき、入り口付近の岩陰に身を隠していたらしい。

その理由を考えるより先に、俺たちは一目散に走った。ギリギリ間に合う距離——だが、残り五メートル程度の所で、岩はあざ笑うように速度を上げ、無情にも閉じてしまった。

必死で岩を叩くも、びくともしない。完全に閉じ込められてしまったようだ。

「どうする、リーダー!?」

焦る仲間たち。俺は、今の岩の動きに思いを巡らせていた。明らかに誰かが、意思を持って閉じた動きだった。だが一体、誰が……?

考えていると、不意に声が響いた。

「外へ出たいか?」

宝箱の方へ振り向いた俺たちは、揃って驚愕《きょうがく》に目を剥《む》いた。

☆　☆　☆

追われている初心者にはまず、尾行されているから指示した場所に隠れろ、というメッセージを彫った石を置いて伝えた。彼は素直にそれに従い、気づいていないフリを続け、用意された岩陰に隠れてくれた。

そして、まんまと自分より格上の相手を出し抜いたのだ。

魔物に追われても冷静な判断のできる彼であれば、俺より先に来ていれば迷宮主になっていたかもしれない。今さら譲るつもりもないが。

「生きてやがったか……!」

「まあ、な。運良くこの下の川に落ちて、生き延びたよ」

それでも、たった一晩で平然と自分たちの前に立っていることが腑《ふ》に落ちないのか、冒険者たちは混乱していた。放っておけば確実に死ぬ怪我を負わせたのだから、当然だろう。

「さて、ここから出るには、この穴に飛び込むしかない。さっきも言ったように、落ちても死なない可能性は高い。まあ当然、俺は妨害するけどな」

「へっ、ガキが一丁前に吠《ほ》えやがって」

昨日の戦闘で、俺の強さを見極めたつもりなのだろう。なんの躊躇《ちゅうちょ》もなく、冒険者たちは武器を抜いた。

「どうしてじっくり嬲《なぶ》るような真似をしたんだ？　一思いに殺せば良かったのに」

「ああ、それか。お前みたいな奴が簡単に財宝を手にするのが気に食わないんでね。無様に助けを求める顔が見たかったのさ」

「そうか……」

それだけ聞けば十分だ。これまで犠牲《ぎせい》になった人たちも、同じような恐怖と苦痛を味わったのだと知り、もう、容赦するつもりはなくなった。

「さて、お前たちみたいなゲス相手でも俺は正々堂々と戦ってやる。だからゲームスタートの合図ぐらいは出してやる」

「ゲームだと？　ふざけてんじゃねぇぞ！」

「そうか。なら、ゲームスタートだ」

俺の言葉にリーダーが吠え、前衛の二人と共に駆けてきた。この時点で選択を誤っていることに気が付いていないようだ。脱出するなら、俺など無視すればいいだけなのに、馬鹿正直に斬り掛かってくる。

俺は後衛の弓士と魔法使いを見据え、【迷宮魔法：転移《ワープ》】を発動した。

「き、消えた……!?」

俺の姿が一瞬で消え、焦るリーダー。周囲を見回し、仲間と共に叫んでいる。

その頃には俺は、魔法使いの後ろに移動し、背後から剣で貫いていた。

大量の血を吐き、俺が剣を引き抜いたことで倒れる魔法使い。やがて痙攣も収まり、完全に事切れた。

「大したことなくても、このパーティだと一番厄介そうだったから、先に片付けたよ」

「てめぇ、何をしやがった!?」

「別に、ただ剣で刺しただけだよ」

あっけらかんと的外れなことを答える俺に切れたのか、リーダーは罵声《ばせい》を浴びせてきた。

俺が使った【転移】は、迷宮内のどこへでも一瞬で移動できる、迷宮主だけが使える魔法だ。

しかし、弱いな。これまで素人ばかり相手にしてきたせいでもあるのだろう。こんな奴らに、俺はいいように嬲られていたのか。

それに不思議なことに、思ったほど罪悪感も湧かなかった。それよりは、こいつらに対する怒りの方が強かった。

このドライな精神性は、今後も必要になりそうだ。

「さて、次は誰だ?」

「てめぇ……!」

「さっきから同じようなセリフばかりだな。仲間を殺されて許せないのなら、最初から盗賊なんかに堕《お》ちなければ良かっただろ」

「クソガキが‼」

ほんの少し挑発しただけで、リーダーの静止も振り切り、剣士が突っ込んできた。こいつは俺の内臓が破れるかと思うくらい、散々に蹴ってくれた。相応しい最期《さいご》を与えてやろう。

「【迷宮操作：罠創造《トラップクリエイト》】」

【迷宮操作】スキルは、迷宮そのもの、あるいは付随《ふずい》する物を自由に操作するスキルだ。その中でも、魔力と引き換えに任意の罠を任意の場所に設置するスキルを発動した。今回設置したのは『地雷』という物だ。地中に出現させ、踏むなどして圧力を掛けると魔力の爆発が起こる。足元を警戒しない剣士は、簡単にその場所へ向かい……、

「よせ、止まれ‼」

踏む寸前に斥候の男が気づいたが、もはや遅い。剣士は勢いを落とすことなく、地雷を踏む。

――ドゴォォンッ‼

凄《すさ》まじい爆発が、部屋の空気を揺らした。周囲の仲間ごと剣士の男は吹っ飛び、上半身だけとなって転がった。俺は着ているコートのおかげで無傷だ。

これは先ほど手に入れた、爆発の衝撃すら吸収するアイテムだ。

「爆死は見ていてあまり良《い》いものじゃないな。次からは考えよう」

「ひっ、い、嫌だ……！」

荷物持ちの男が立ち上がり、部屋の隅へ向けてヨロヨロと逃げようとする。当然そこに出口などないので、混乱した末の行動だろう。

「さあ、どうする？」

すっかり戦意を失ってしまった男たちには動く気配がない。それではゲームにならない。

「【迷宮魔法：道具箱《アイテムボックス》】」

魔法陣から宝箱と同じ形の箱が出現する。これは単なる宝箱ではなく、迷宮主専用の保管庫から、空間を超越して中の物を取り出す魔法だ。

俺が取り出したのは、魔法の付与もされていない、なんの変哲《へんてつ》もない槍だった。それを掴み、思い切り斥候の男へ投擲《とうてき》する。

「へっ？」

高速で投げられた槍は、安い作りのせいで空中でバラバラに分解し、その破片が男の体にチーズのように穴を開けた。

斥候の男は、危機を認識する間もなく死体に変わる。

「残りは二人だ。お前にも、相応しい報いを受けさせてやる」

「な、何を……」

リーダーが言い終わる前に、一瞬でリーダーの眼前に迫った俺は、腹に拳を叩き込んだ。その一発でリーダーが身に纏う金属の鎧《よろい》が粉々に砕ける。

「おぇぇぇえええっ⁉」

手加減したおかげで死にはしなかったが、悶絶するリーダーは、もはや戦えそうになかった。

「つまらないな」

倒れるリーダーを見下ろしていると、先ほどまで逃げていた荷物持ちの男が、勇気を振り絞ったのか護身用の武器を持って駆けてきた。

「リーダー!!」

どうやら仲間からの信頼はそれなりにあったらしい。だが、

「お、お前が行け!」

「へ、ちょっと……」

リーダーに突き飛ばされ、荷物持ちの男は無防備に体勢を崩したまま、俺の前へ武器を突き出す。

「邪魔だ」

剣を振って荷物持ちを斬り捨てる。その一瞬の隙を突き、リーダーは這うように穴の方へ逃げた。

「へへ、あばよ!」

「……どうぞ。俺は十分満足したから、見逃してやる」

俺の言葉は嘘ではないが、リーダーの落ちていった穴を見ながら、俺はこうも呟《つぶや》いた。

「けど、他の奴らはどうかな?」

☆　☆　☆

「ぷはぁ!」

水面から顔を出したパーティリーダーの男は、自分が川を流されていることに気づいた。ここが、さっきの子供が言っていた、階下の川だろう。

「あのガキ……よくもやってくれたな」

無事に助かりはしたが、仲間を全て失ってしまった。

たった一晩のうちに手に入れたらしい、訳の分からない能力を前に手も足も出なかったが、男の中には復讐《ふくしゅう》心が燃え上がっていた。このまま逃げるなど、プライドが許さない。

まずはここから脱出しなければならない。確かこの川は、転移結晶の前まで続いていたはずだ。そこまで行けば迷宮を脱出し、立て直すことができる。このまま流されていれば問題ない……はずだった。

「……ん？」

流された先は、何もない、円形の小部屋であった。川の流れ込む穴と、流れ出る小さな隙間だけが部屋の外に繋がっている袋小路だ。気づかぬ間に支流に乗り、隠し部屋に辿り着いたのかもしれない。

普段であれば喜ぶところだが、宝箱も何もないのでは無意味だ。とりあえず、どこかに転移結晶がないか探さなければ。そう思って辺りを見回した男は、部屋の中の異変に気づいた。

「なっ……アンデッド《不死者》だと!?」

暗闇に、瘴気《しょうき》に満ちた目が浮かぶ。やがて暗さに目が慣れると、その姿がはっきり見えた。人型をしたそれはアンデッド――死んだ生物の体に瘴気が宿り、不死者として生まれ変わった魔物。人間は特に、強い後悔や憎しみからアンデッドになりやすい。それが、一〇体ほど蠢いていた。

一体や二体ならまだしも、こんな数を相手にできるはずがない。

そもそも、辺境の魔物は、自分たちが元々活動していた地域のそれより強力なのだ。

『ヨクモ……』

『ユルサナイ……』

「な、なんだ?」

男は、ゆっくり近付いてくるアンデッドの顔を見た。腐り、肉が爛《ただ》れ落ちたその顔に、心当たりがある。

「まさか……!!」

それは男がこれまで殺《あや》め、迷宮に吸収させていた者たちの死体であった。

「よ、よせっ、来るな!」

『死ネ……』『死ネ……』『オ前ハ、死ネ……!』

必死に剣を構えるが、アンデッドたちは怯《ひる》まない。強烈な憎悪《ぞうお》という意思だけが、彼らを突き動かしているのだ。

そして魔物の本能に従って、人間が持つ魔力を求めて押し寄せてくる。生きた死体——ゾンビと呼ばれる魔物となった冒険者たちは今、男の肉目掛けて距離を詰めてきていた。

無様に剣を振って、一体を斬る。だが、数に押し負け、そのまま組み付かれた。

「ぎゃああっ!?」

呆気なく、死体の群れに貪《むさぼ》り食らわれる男は、助けを求め懇願《こんがん》した。

やがて、男がすっかり食われた頃、思いを果たしたアンデッドたちは浄化《じょうか》されていた。浄化された魂は、迷宮を出て天へと昇る。

だが、男は違った。アンデッドに殺され、瘴気を注入されてアンデッドとなった男は、浄化されずに残った。そしてその末路とは——。

「ご苦労。これからは俺に付いてくるといい」

『お、お前は……！』

薄れゆく意識の中、目の前に自分たちに復讐した、あの子供が現れた。

そして、男は魔物としての本能で悟った。

迷宮内で生まれた魔物は、例外なく迷宮主によって使役される。死んでも復活させられ、永遠に戦わされるのだ。

そしてその迷宮主とは、自分がいたぶって殺そうとした、あの子供であった。

『い、嫌だ……こんな最期は嫌だあ!!』

こうして男は、決して訪れることのない死の中、迷宮を訪れた者を相手にさせられるだけの魔物と成り下がった。

第二章

「おや、無事だったのかい？」

迷宮から出た俺と最初に会ったのは、入場者を監視する門番だった。俺が入った時と同じ男が立っており、顔を覚えられていたらしい。

「ご心配お掛けしました」

「別に心配なんかしてないさ。入った人間が戻らないのはよくある話だよ。そして、中で何があったのかも、門番の俺には関係のないことだ」

門番の視線を追うと、服に血が付いていることに気づいた。真新しい服に付いた不自然な血は、明らかに不審だ。魔法で綺麗にしたつもりが残ってしまっていた。

迷宮に棲《す》まう魔物のスキルを魔法として再現する【迷宮魔法】は便利だが、これから迷宮主としてやっていくのなら、こういううっかりはなくさなければならない。

ちなみに、俺はこれまで【土】属性しか適性がなく、一部の魔法しか使えなかったが、【迷宮魔法】によって全属性の適性を得たのでどの属性の魔法でも使用できる。

衣服に付いた血も【水】の魔法で洗い落とした。

「無事で良かったとは思う。ただ、これだけは覚えておいてほしい。迷宮内では、何が起こっても自己責任だ。それだけの覚悟と実力があると認められているんだからな。今回はどうにかして切り抜けたのかもしれないが、誰も助けてはくれないことだけは、肝に銘じておいてくれ」

「……分かりました」

それだけ話して、俺は迷宮を後にした。

アリスターへの道すがら、頭の中に声が響いた。

『満足したかい？』

「満足とは、ちょっと違うかな」

スキル【迷宮同調】の効果で、迷宮核とはどこにいてもこうして交信ができる。

俺は迷宮主となり、迷宮を管理・維持する義務を負った。だからあいつらを裁いたのだって、恨みよりは管理者としての義務からだ。迷宮核も、自分の権限ではできないことであったらしく、迷宮にとって害となる者を排除した俺に感謝を表していた。

死体は全て迷宮の一部にさせてもらった。リーダーの男だけは、アンデッドとして魔物にしている。因果応報、これでもう、犠牲者が出ることはない。

そんな会話をしているうちに、アリスターへ到着した。早速ギルドに報告しようとすると、建物前が何やら騒がしいことに気づいた。人集《だか》りに近付くと、そこにいた人物に、俺は「あちゃあ」となった。

建物の外から窺《うかが》うと、カウンター前には兄がおり、受付嬢に詰め寄っていた。

「お願いします！　弟を捜してください！」

「お気持ちは分かりますが、ギルドは報酬によって仲介を行いますので……」

騎士とはいえ、私情で兵士や冒険者を動かせる権限があるわけではない。貯蓄の少ない兄では、危険な迷宮に人捜しで飛び込ませるような依頼をするだけの金もなかったのだろう。情に訴えているようだが、それでは冒険者が動くはずもない。

ルーティさんも困っていたので、俺は人垣を分けて前へ出た。

「あの……」

俺の声に、兄がこちらを振り向き、ぽかんと口を開けた。

「ええと、その……ご心配をお掛けしたようで――」

「マルス！」

「わっ」

ガシッと兄に抱きしめられた。まるで、もう放すつもりがない、と言わんばかりに全力を籠められ、体が痛い。

「ご無事だったんですね」

ルーティさんが話し掛けてきたので、俺は「どうにか」と返した。

「それでは、何があったのか事情を説明してもらえますか？」

☆　☆　☆

「なるほど、初心者狩りですか」

今朝早く、俺を心配してギルドへ駆け込んだ兄によって、ギルドにも俺の失踪が明らかになったらしい。

俺は申し訳なさもあったが、全部話すわけにはいかないので、話せる範囲で経緯を明かすことにした。

二階まで進み、隠し部屋を見つけたこと。冒険者に襲われ財宝を横取りされかけたこと。攻撃されて負傷したが、運良く開いていた穴で逃げられたこと……。

「落ちた先に、運良く宝箱があったんです。その中に、これが」

俺は右手の中指に嵌《は》めた指輪を見せた。

「これは、収納系の魔法道具《マジックアイテム》ですね」

これも【迷宮操作】で作り出したアイテムだ。このリングにアイテムを入れておけばどこでも取り出せる。収納力も、多く出回っている物とは桁違いだ。収納用の魔法道具自体は普通に出回っているので、こうして着けていてもバレることはない。

「はい。この中に上級のポーションや、装備なんかも入っていて。恐らく誰かが落とした物が財宝になったんだと思います」

「なるほど。昨日と装いが替わっているのは、そのためですか」

黒を基調にした防具一式に、白い柄の高級そうな剣。田舎兵士といった装いの昨日までとは大違いだ。装備は全てリングの中に収納してある。

父から貰った剣は修復が必要だったが、捨てることはできないので、そのまま入れておいた。

「お話は分かりました。ひとまず、無事なのは喜ばしいことです。ですが、残念ながらギルドでは確たる証拠がない以上、そのパーティに何かすることはできません」

「人道に反した奴らは許せないな……」

兄の憤《いきどお》りももっともだ。正義感の強い兄なら、俺と同じようにあいつらを斬り伏せていたかもしれない。

「では、彼らへ厳重注意をお願いします。今回のことは冒険者としての洗礼を受けた、ということで納得することにします」

俺はあくまで殊勝《しゅしょう》な冒険者として振る舞うことにした。

去り際、ルーティさんは俺にこう言った。

「受付嬢として、多くの冒険者を見てきた私の勘でしかありませんが……あなたは大成するような気がします」

こんな目に遭っても堂々としている俺の態度からそう思ったのだろうか。

「有望な冒険者とは仲良くしたいですから、今後も、私があなたを担当させていただきますね」

ルーティさんは、営業用であろう笑顔を浮かべて見送ってくれた。

☆　☆　☆

兄の部屋へ戻った俺は、椅子に座ってぐったりとしていた。目の前に、兄がお茶を置いて、神妙な顔で向かいに座る。

「で、本当は何があった？」

「……バレてました？」

今は少しでも早く休みたいのだが、真相を話さなければ兄が許してくれそうになかった。

「当然だ。何年、お前の兄をやってきたと思ってる。隠し事をしてることくらい分かるさ」

やはり、兄には敵わない。ステータス的には圧倒できるようになったのだろうが、人として勝てる気がしないのだ。

「分かりました。まずは、これを」

収納リングから革袋を取り出して置く。袋の口を開けた兄は目を見開いた。中にはずっしりと金貨が詰まっていた。

「五〇枚あります。これで、返済はできます」

「まさか、迷宮で?」

あり得ないと言いたげな兄に、俺は説明のためステータスカードを見せた。

＝＝＝＝＝＝＝＝＝＝＝
名前：マルス　年齢：十五歳　職業：冒険者・迷宮主　性別：男
レベル：15　体力：10290　筋力：10301　敏捷：10198　魔力：10272
スキル：【迷宮操作】【迷宮適応】【迷宮同調】　適性属性：【土】【迷宮】
＝＝＝＝＝＝＝＝＝＝＝

「な、なんだ……このステータスは!?　一万を超えているステータスなんて聞いたことがない!!　それに、こんなスキル……」

人が発現するスキルは多種多様で、騎士はスキルの保有者を取り押さえるために、スキルに関する幅広い知識を叩き込まれる。そんな兄をしてすら、迷宮主のスキルは初見であったらしい。

そして通常、10もあれば上等なレベルも一気に上がっていた。基本のステータスにも一万という数値が加算されている。これは迷宮の最下層であっても、管理を容易にするための措置《そち》らしい。俺が手に入れた迷宮は八二階まであり、このステータスくらいで妥当だということだろう。

「それよりも、なんだこの、迷宮主というのは……？」

疑問を口にする兄に、真相を語った。

もちろん、俺が初心者狩りの冒険者たちを始末したことも包み隠さずだ。兄は顔を顰めていた。叱責《しっせき》や罵倒も覚悟していたが、意外にも兄の不快感の理由は他にあった。

「そんな奴らが、俺たちの守る街にのさばっていたなんてな。騎士として、恥ずかしい限りだ」

やはり、兄は立派だと思う。誰かを責める前に、まず自分の至らなさを省《かえり》みたのだ。奴らは迷宮の外では普通の冒険者として振る舞っていたのだから、見抜けなくとも無理はないのだが。

「今後も冒険者を……いや、迷宮主を続けるつもりなのか？」

「迷宮主を辞めることはできないんです」

これは迷宮核に聞いていた。

迷宮主の地位を捨てれば、全てのステータスは元に戻されてしまう。そうなった時、体は反動に耐え切れずに、眠るように死ぬのだという。過去に迷宮主となった者は老衰で死んだ者ばかりなので、あくまで推測でしかないらしいが。

「大丈夫ですよ。そうそう死ぬことはありませんし、迷宮主も辞めません」

「冒険者の方は？」

「そっちも、迷宮主をやっていく上で役立つので続けるつもりです」

言うなれば、冒険者たちは迷宮主にとって商売相手だ。どんな素材があればいいか、どんな迷宮なら大勢が入ってくるか。それを知るためにも、自身が冒険者であることは都合がいい。

「……分かった。心配だが、お前がそう言うなら信じよう。けど、俺に教えても良かったのか？」

「俺には、他に相談相手がいませんから。それに……母さんやクリスを説得するのに、兄さんが味方してくれた方がいいかと思って」

「違いないな」

兄はニッと笑った。

「俺は、今回のことでお前に何もしてやれなかった。だから今度は、お前に協力するよ」

☆　☆　☆

翌日。朝の内にアリスターを出発し、昼にはデイトンへ戻った。行きは馬車で半日掛かっていた道のりも、強化されたステータスで走ればたった数時間しか掛からなかった。

もっと速くすることもできるが、それだと地面が耐えられない。思い切り踏みしめた時に大きな穴が開いてしまったのを思い出しながら、上手く加減できるよう練習しようと思った。

村の近くで減速し、普通に歩いて帰ってきたように見せかけながら村長の家へ向かう。面倒事はさっさと済ませてしまおうと思ったのだ。

村の中でもっとも大きな屋敷の呼び鈴を鳴らすと、年配のメイドが出迎えてくれた。メイドといっても、都会に憧れた村長が、都会の金持ちの真似をして昔から仕《つか》えている女性にメイド服を着せているだけだ。

一応は村の長として、威厳《いげん》を見せているつもりらしい。

「マルス君、いらっしゃい。村長は今、忙しいのよ」

「こちらも急ぎなんです」

彼女は俺が子供の頃からよく知る女性だ。だから口調も、来客に対するものではなく、近所の子供に対するものだ。俺ももう十五歳、大人として扱われる年齢なので、子供扱いは心外なのだが。

「ごめんなさい。こっちの部屋で待っていてくれるかしら？」

とりあえず応接室の方へは案内してくれた。数日前に訪れた大きな方の応接室は使用中のようだ。そちらへ意識を向けると、誰かがいるのが感じ取れた。これも、迷宮主として強化された感覚だ。

一〇分ほど待っていると、苛立った様子で村長がやってきた。

「用件はなんだ？　私は忙しいんだ。いちいち相手してられん。金のことなら、期限の延長は……」

村長の言葉を遮って、収納リングから重い革袋を取り出し、荒々しくテーブルに置いた。

「金なら、全額用意してきました」

「な、に……!?」

慌てて袋を開いた村長が、中の金貨を確認して絶句している。

「いや、こんなことが……これは、本当に……!?」

「これで文句はありませんね」

立ち上がり、村長宅を去ろうとすると、追い縋《すが》るように村長が引き留めた。

「何か？」

「いや、その……」

気まずそうに言い淀《よど》む村長を訝《いぶか》しんでいると、部屋の扉が開けられた。

扉の前に立っていたのは、上質な服を着た商人と思われる男性だ。

「約束の奴隷《どれい》の件ですが、交渉はまとまったのですから引き取ってもよろしいですね」

「いや、それが……」

村長がチラチラと俺を見る。『奴隷』という言葉に、俺は合点《がてん》がいった。

「ああ、そういうことですか」

村長とはいえ、王様のように振る舞えるわけではない。そこらの家の者を勝手に奴隷として売ることなどできやしない。だが、重罪を犯し、村を追放すべきと判断された者なら別だ。たとえば、村の金に手を付けた者の家族など。

「村長」

「ち、違うんだ……！」

「十日待つ約束でしたよね」

俺が村を出て、ダンジョンで金を得て戻ってくるまででわずか四日。期日は半分すら経過していない。なのに、勝手に俺の母と妹は奴隷として売られそうになっている。

怒りを滲《にじ》ませていると、商人は「困りましたねえ」といやにねちっこい声を出した。

「こちらも商売。上質な母娘《おやこ》を譲ってくださると言うから、わざわざこんな田舎にまで出向いたのです。これでは移動費で赤字ですよ」

「そうですか。ご愁傷様《しゅうしょうさま》です。だけど、こっちは約束通り金を用意したんだ。家族を買われる筋合いはない」

そう吐き捨てて去ろうとすると、商人は玄関まで俺を追いかけてきて叫んだ。

「ま、待ちなさい！　商談を台無しにした弁償をしなさい！」

「そんなもの、そこの村長にしてもらえばいいでしょう」

「この男に補償するような能力はない！」

「知ったことじゃない。村長がその程度だと知って、商談を進めた自分の無能さを恨んでくださ い」

「なっ……」

唖然《あぜん》とする商人を置いて、俺は今度こそ村長宅を去った。

所詮、受け継いだものしか持たない男に、これ以上振り回されるのはまっぴらごめんだ。母もクリスも、こんな村には置いてはおけない。

そうだ、いっそ、家族全員でアリスターにでも移住しようか。俺には今、それだけの力があるのだから。

☆　☆　☆

家に帰って事情を説明した俺は、その日のうちに引っ越しの荷物をまとめた。収納リングに手当たり次第に必要そうな物を放り込めば、後は怪しまれない程度の手荷物だけで済む。

俺が説明すると、母もクリスも納得してくれた。今回のことで村への不信感が募《つの》ったのだろう。

数日前と同じく、ミルク売りのおじさんを捕まえて、銀貨を一〇枚ほど渡す。

「家族で遊びにでも行くのかい？」

「そんなところです」

軽装で馬車に乗った俺たちに、おじさんはそれ以上詳しいことは聞かなかった。今俺たちは、都会へ遊びに行くと言われても納得ができる程度の装いしかしていない。だが、俺の指には、ゆうに倉庫一つ分の荷物を収納するリングが嵌まっている。こんな田舎では、リングの価値が分かる人間もいない。

あくまで【道具箱】のカモフラージュでしかないが、ベッドなんかを収納してもまだまだ余裕のある容量から、利便性は折り紙付きだった。

馬車は長閑な道をゴトゴトと進む。

途中、何度か休憩を挟みつつ、夕方になる頃にはアリスターへ到着できた。

「ここが都会……！」

村を出たことのないクリスは、アリスターの街並みに感動したようだ。母は都会生まれの都会育ちなのでクリスほど感動はないのか、平然としていた。

「それで、今日はどうするの？」

「しばらくは宿住まいになるので窮屈《きゅうくつ》な思いをさせることになるかと思います。ごめんなさい」

「それぐらいは構わないのだけど……宿代は大丈夫なの？」

「お金のことなら何も心配しなくていいですよ」

「そう……」

借金を返済した金の出どころも、母は深く追及しなかった。いずれ話すつもりではあるが、今はこの力を利用させてもらおうと思う。これからの生活費は、【道具箱】に貯めてある。迷宮内で命を落とした冒険者たちから拝借したものだ。

「どこか手頃な宿はないかな？」

それなりの額を持っているとはいえ、一泊金貨何枚にもなるような高級宿には泊まれない。定住できる家を手に入れるのに、どれだけ掛かるかも分からないのだ。可能な限り節約した方がいい。

「決めていないの？」

「それが、移住を決めたのも家に帰る直前だったものですから」

「そういえば、そうだったわね」

母がいまいち冴《さ》えない顔色をしているのは、恐らく長年夫と暮らした家を離れたせいだ。もちろん、村長の所業を伝えれば納得はしてくれたが、抵抗は残っているのだろう。

一方、クリスは初めての都会の光景に、ただ無邪気にはしゃいでいた。こんな状況でなければ観光に連れていってやりたいところだ。

キョロキョロと見回していると、母が短く溜息を吐いた。

「付いていらっしゃい」

「え……」

するると母は、迷いなく歩き始めた。慌ててクリスの手を取り、一緒に歩き出す。こんな街中で一人にすれば、確実に迷子になるだろう。

「えへっ」

ぱっと笑顔を浮かべるクリス。今年で十二歳だが、まだまだ甘えたい年頃なのかもしれない。

辿り着いたのは『荒鷲亭《あらわしてい》』という看板の掛かった宿だ。それなりに立派な構えのそこに、母は臆することなく入っていった。

「いらっしゃいませ……」

「あら……テファじゃない。久しぶり」

「……もしかしてミレーヌ!?」

親しげに母の名を呼ぶカウンターの女性を、母が紹介してくれた。

「幼馴染《おさななじみ》のテファよ。ケイレスを頼って来てみれば、まさかあなたがいるなんてね」

「おかげさまで、今はケイレスの妻よ。ここの経営も、宿屋を継いだ彼と家族でやっているわ」

楽しげに思い出を話すテファさんが、俺とクリスを見て目を見開いた。

「で、そっちの二人はもしかして……」

「私の息子と娘よ」

「あら、こんなに大きな子供がいたのねぇ。駆け落ちした、っていう話は聞いていたけど、その後の話は何もなかったから知らなかったわ」

「もう一人、長男はこっちで騎士をしているわ」

両親の馴れ初めに関《そ》してはよく聞かされていたから、駆け落ちという言葉にも驚きはない。クリスは意味が分かっていないのか、テファさんと俺を交互に見ていた。

「ねぇ、ちょっと訳があって、家にいられなくなってしまったの。ここで泊めてくれないかしら」

「宿屋なんだから泊めるのは構わないわよ。だけど、こっちだって商売なんだから幼馴染とはいえ宿代は払ってもらうわよ」

「もちろんよ。その辺は息子が用意してくれているみたいだわ」

俺が金を持っていることを示すと、テファさんはすぐに三人で生活できる部屋を用意してくれた。料金は一日銀貨五枚。朝夕の食事付きで、少なくともぼったくられている気はしない。

とりあえず、金貨を一枚渡した。これで二〇泊できる。

「前払いでもいいいですか？　しばらく働いて、生活が安定したら近くに家を借りる予定ですので」

「こちらとしては助かるけど……。分かった。しっかりもてなさせてもらうよ」

部屋に案内されるなり、二人はベッドで横になって寝てしまった。馬車移動は予想より疲れたのだろう。夕食まで寝かせておくことにした。

二人が休んでいる間、俺は兄の元へ行き、事情を説明した。兄も会いたいと言うので、夕食は家族四人で食べることになった。

「それで、これからどうするつもりなんだ？」

「……父さんを捜そうと思う。それから、家を探すことにするよ」

「ああ。俺も協力する。二人で頑張ろう」

そう言って、兄は俺と手を握り合った。

☆　☆　☆

ギルドの中は今日も人で賑わっていた。

「よし、今日も迷宮へ行くぞ！」

「ああ。明日が満月の日だ。今日は徹底的に、財宝探しだ」

そう話し合う冒険者たち。満月の日は『構造変化』が起こり、全ての財宝がリセットされてしまう。だから今日が、取りこぼしを攫《さら》うラストチャンスでもある。

実にありがたいことだ。こうして、迷宮に多くの人が足を運んでくれれば、俺にとって利益になる。もちろん彼らの魔力を掠《かす》め取っているだけでは駄目なので、そこそこの価値がある武器や金貨の詰まった宝箱をいくつか用意しておいた。上手く見つけてくれれば、また迷宮へ足を運ぼうという気になるだろう。

「あ、どうも！」

「また会ったな」

俺を見つけて近寄ってきたのは、迷宮内で俺が助けた少年だ。もちろん俺が助けたことなんて知らないが、ダンジョンから戻った日、俺が同じ冒険者に狙われたということを聞いて話し掛けてきて以来、会話する仲になったのだ。会うのは二度目だが、すっかり意気投合している。

見れば防具が新しくなっていた。実は作戦に協力してもらった際、彼が逃げる先に金貨が入った宝箱を置いておいたのだ。そのお金でちゃんと自分の命を守ることを優先してくれているようで、俺は心の中でうんうんと頷いた。

「これから迷宮？」

「はい。構造変化が起こる前なら罠《トラップ》があらかた解除されているので、魔物と戦って自分を鍛えるのにちょうどいいと思うんです。良ければ一緒にどうです？」

「ああ、俺はいいよ。やらなきゃならないことがあるから」

「そうでしたか。では、また！」

そういえば彼の名前も聞いていなかった。今度会った時に聞けばいいと思い、俺は健闘を祈りながら彼の背中を見送った。

さて、俺の用事を済ませよう。

受付カウンターへ行くと、今日もルーティさんが座っていた。目を引く容姿も相変わらずだ。

「いらっしゃいませ。今日はどうされました？」

「実は依頼のことで相談したいことがありまして」

「依頼を引き受ける場合は、入り口左手にある掲示板から依頼票を剥《は》がして持ってきてください」

まだ二回目で勝手が分からないと思ったのか、ルーティさんはそう教えてくれた。しかし、今日はそんな用事ではない。

「冒険者が依頼を出すことは可能ですか？」

「正規の手順に沿っていただければ、もちろん可能ですが……」

「良かった。実は、人捜しを頼みたいんです」

俺はルーティさんに、父が失踪していることを告げ、どうすれば効率がいいかを聞いた。

するとルーティさんは、少し考えた後、「方法は二つあります」と言った。

「一つは、掲示板に張り紙をして、広く情報提供を求めることです。情報の正確性や即時性は運次第ですが、費用は抑えられます」

こうした失《う》せ物捜しの相場はピンキリだが、人捜しなら銀貨一〇枚程度、さらに有用な情報なら銀貨一枚を上乗せすることが多いのだという。

「二つめ。情報屋への依頼です」

「情報屋？」

情報屋とは、読んで字の如《ごと》くあらゆる情報を扱うエキスパートだ。アリスター領中の情報を持っている者もおり、その人物に頼めば行方不明になって十日程度の人間を捜すのはわけないのだという。ただし費用は、張り紙の数倍だ。捜し出せない時も報酬はいくらか支払わなければならない。

「構いません。両方の方法で捜すことにします」

資金は潤沢《じゅんたく》にある。ケチって空振りに終わるより、全力で捜した方がいい。目に見えて気落ちしている母に、一刻も早く父の顔を見せてあげなければ、俺が心配なのだ。

「分かりました。では、預託金《よたくきん》をお願いします」

「預託金？」

「はい。情報提供者が現れた場合、その場で報酬を渡すことになります。ギルドが肩代わりして支払いますが、これぐらいなら支払える、というのを証明する意味でもギルドにいくらか預けておく必要があります」

「そういうことなら」

収納リングに魔力を流し、革袋を二つ取り出す。中身は金貨一〇枚ずつだ。

「どうぞ」

中を検《あらた》めたルーティさんは、金貨を一枚だけ取り出した。

「こんな風に大金をポンと出せるだけでも、信用は十分ですよ。でも、規則ですので、これだけお預かりしますね」

どうやら一枚だけでも良かったらしい。ルーティさんは金貨をしまうと、紙を取り出して言った。

「目撃情報を集めるために、お父様の情報を教えてください」

覚えている情報を、なるべく事細かに説明した。口頭だと説明しづらいこともあり、また曖昧《あいまい》な部分もあったが、なんとなく像は見えたと思う。

ところがルーティさんは、

「うーん、やっぱり記憶だけでは不十分ですね。では、これを使いましょう」

ルーティさんがカウンターの上に水晶を置いた。何かの魔法道具だろうか。

「この水晶に手を置いて、お父様の姿を思い浮かべてください」

言われるまま水晶に手を置く。すると、水晶の中心に父の姿が映し出された。

久しぶりに見た父の姿だったが、細部に至るまで本人だと断言できる。先ほどは俺の中でもおぼろげだった像が、鮮明になった。

「こんな便利な道具があるなら最初から使わせてくださいよ」

「そうですね。でも、最初に私と話をしたおかげで、お父さんの姿も鮮明に思い出すことができたんじゃないですか？」

確かに、最初はぼんやりとあるだけだった記憶も、口に出したことではっきりした気がする。

「これは触れた人間の思い描いた物を映し出す魔法道具です。こうして転写して、はい、これで出来上がりです」

ルーティさんが紙に水晶を近付けると、浮かんでいた像がそのまま紙に焼き付いた。後は、言われるまま依頼内容や日付、場所、報酬などを書いて完了する。

「では、これは張り出しておきますね。情報屋を紹介しますので、そっちは自分で接触してみてください」

その人物が拠点にしているという場所の地図を貰う。交渉なんてしたことがなくて、今から緊張してしまうが、一つの経験だと思って臨《のぞ》むことにした。

☆　☆　☆

紹介された場所は、地下の薄暗い酒場だった。まだ昼間だというのに、ちらほら酒を飲んで騒いでいる人たちが見受けられる。彼らを無視して、店の奥へ向かうと、目立たないテーブルで顔を伏せるようにして飲んでいる男を見つけた。

「いてくれて助かりましたよ」

「……なんの用だ？」

「調べてほしいことがある」

男は煩《わずら》わしそうにするが、動じてはいけない。俺はルーティさんの紹介状を、男に差し出した。

「奴の紹介か。それにしても、子供のくせに随分と肝の据わった態度だ」

もちろん俺も、最初からこうできているわけではない。迷宮核によるアドバイスがあって、冷静さを保てているのだ。

声だけでも、誰かがそばにいてくれている、と思うだけで心が軽くなる。

「で、何を調べるんだ」

ルーティさんに作ってもらった張り紙を見せる。

「十日ほど前に行方不明になった父を捜している」

「……いいだろう。捜し出してやる」

テーブルの上に金貨を五枚積む。

「報酬は前払いだ」

「随分と気前がいいな」

「それだけ本気だと思ってくれればいい」

「俺がこの金を持って逃げるとは思わないのか？」

「逃げる？　どこへ？」

情報屋の仕事は場所を簡単に変えられるようなものではない。その土地で築いた人脈、頭の中に叩き込まれた地形、様々な人間関係。何年も活動しているのなら、それらを捨てることはできない。

「持ち逃げすれば、俺は紹介してくれたルーティさんに報告する。そうすれば、あんたは冒険者ギルドを敵に回すことになる。そんな奴が今後も暢気《のんき》に活動できると思っているのか」

「ちげぇねぇ」

大金を手にするなら逃げることは許されない。

情報屋も俺を試すような意図があったのだろう。満足そうに笑っていた。

「捜せそうか？」

「一週間だけ時間をくれ。見つかったにしろ見つからなかったにしろ、一週間後には報告をさせてもらう」

☆　☆　☆

情報収集の結果を待っている間、冒険者としても活動することにした。

迷宮主として、彼らのリアルな情報を自分で集めるのは大切なことだ。特に迷宮の下層で活躍する上級の冒険者からは、有益な情報が手に入る。接触した時、彼らに追い返されない程度にランクを上げておかなければならない。

「あの……依頼を受けてみようかと思うんですけど、最初はどんな依頼がいいですか？」

せっかく担当になってくれたのでルーティさんを狙ってカウンターに行き、尋ねた。

「そうですね。マルス君のランクはFランクですから、薬草採取なんかがおススメですよ」

採取そのものは難しいものではない。簡単な知識があれば見分けられるし、掘り出すことも容易だ。

しかし、野生の薬草の全てに共通しているのは、魔物が出没する場所にあるということだった。

薬草は魔力の濃い土地で咲く。そうした場所は魔物も好むのだ。そのため薬草採取は魔物と遭遇しないよう注意しながら行う必要があり、戦闘になった場合には対処できるだけの実力が求められる、というのが、冒険者ギルドに依頼される背景であるらしい。

せっかくの機会なので、経験を積むためにも引き受けることにした。

「目当ての薬草があるのはこの辺りですね」

ルーティさんがアリスター周辺の地図を広げて、北西の森を指した。広いが、奥まで行かなければ魔物には遭遇しない。そこまでの街道近辺の魔物も、騎士によって討伐されている。

「一緒にこの依頼を引き受けるのもいいですね」

新たに提示された依頼はスライムの討伐だ。スライムは粘液状の魔物で、初心者でも簡単に狩ることができるくらい弱い。

「今、不足している薬草は『夜露草《よつゆそう》』という名前の薬草です。現地までは歩いて二時間ほどですね。付近ではスライムが多く生息しているので、討伐依頼が出されることが多いんです」

万が一森から魔物が迷い出てくれば、街道の利用者は安心していられない。そこで、街道の魔物は騎士に、森の魔物は冒険者たちに任せているのだそうだ。今の俺ならスライムなど相手にもならないだろう。

「ちなみに討伐依頼を受けていない魔物……たとえばゴブリンやホーンラビットといった魔物を倒した場合にはどうなりますか？」

「討伐依頼を受けていない魔物を討伐した場合には、討伐報酬が支払われることはありません。ですが、討伐した魔物の素材を持ち帰っていただければ素材や魔石を買い取ることは可能です」

ルーティさんの説明によれば、不意に出てきた大型の魔物などは、体のほとんどがその場に捨て置かれることもあるのだという。持ち帰る準備をしていないため、本来持ち帰るべき物の収納スペースを圧迫してしまうからだ。

これは、【道具箱】を持つ俺には無関係だ。無限に容量があるため、巨大な魔物であっても問題なく持ち帰れる。

「マルス君なら収納リングがあるから問題ありませんね。まあそもそも、この近辺には大型の魔物も出ませんから、安心してください」

どうやら本当に初心者向けの場所らしい。俺の実力を試す、いいチャンスだ。

☆　☆　☆

ルーティさんは二時間程度だと言っていたが、それは街道を徒歩で進んだ時の話だ。せっかくなので、俺は自分の力を試しておこうと、街道から外れた場所を跳ぶように走った。結果、たったの二〇分で目的地へ着いてしまった。

「それにしても、結構深い森だな」

目的地の森は高い木が生い茂っており、太陽の光を遮っているせいで森の中は暗くなっていた。見上げていると、カサカサカサと茂みが揺れる。何かがいる。

剣を抜いて構えていると粘液の塊の中心に魔石を持つ魔物——スライムが現れた。

「出たな」

スライムの討伐方法は二つ。

一つは、体内にある魔石を砕く。魔石を砕かれると、ただの粘液の塊がそこに残されることになる。粘液は様々な物の素材になるし、調理方法によっては食べることもできるらしい。残念ながら村の近くにはいなかったため食べたことはない。

もう一つの方法は、粘液の塊をある程度破壊する。火で焼いたり、刃物や鈍器で削り取ったりする。この場合、魔石は手に入るものの粘液は蒸発し、手に入らなくなってしまう。

素材を取るか。魔石を取るか。二つに一つ。

「まずは剣から試させてもらうか」

迷宮核が神剣と呼んでいた剣を抜く。鋭く踏み込み、魔石に向かって剣を突き出す。

『ピィ!?』

スライムが反応するも、既に回避することも叶《かな》わない距離に刃が迫り、そしてなんの抵抗もなく刃はスライムの魔石を貫いてしまった。

「これは……」

あまりの鋭さに驚く。通常、粘液の塊であるスライムは、武器をわずかでも弾き返す弾力があるのだ。少しして、魔石を失った粘液の塊が地面に伸びた。

「なるほどな」

目の前にあった木に向かって剣を振るう。すると水でも斬ったように僅《わず》かな手応えだけを感じ、斬られた木が倒れた。

「鋭すぎるのも問題だな。斬ったかどうか、分からないくらいだ」

『僕が知る中でも最高位の剣だからね。世界に二つとない業物《わざもの》だよ』

「といっても、迷宮の財宝なんだから、誰かは持っているんじゃないのか?」

『ないね。担《にな》い手の力量に関係なく力を発揮する神剣だ。おいそれと手に入っては、世のバランスも崩れてしまうよ』

「そういうものか」

空き瓶に、スライムの粘液を回収する。それを収納リングにしまう。

『それじゃあ、夜露草を探しにいこうか。迷宮内なら自由に生み出せるんだけど』

迷宮主が外から持ち込んだ物は、迷宮内に記録され、魔力を使って自由に生み出すことができる。

これまでの迷宮主は、アリスター近郊にある大体の物を持ち込んでいたらしい。だから迷宮へ向かえば、依頼の品はいくらでも量産できるのだが、それだと魔力を消費してしまう。

それに、冒険者としての経験も得られない。

そうしたことを考えると、普通に採取した方が得なのだ。

「お、あった」

草を掻《か》き分けながら足元を探していると夜露草を発見した。夜露草は水場の近くを好んで咲き、夜になると花から雨が降ったように大量の雫を落とす。そのため水が溜まっている場所を目印に探すと見つけやすいと教わった。

咲いていた二本を摘む。必要なのは十本。あと八本が必要になる。

『せっかくだから【迷宮魔法】を使用してみるといいよ』

「何か使える魔法があるのか？」

『【迷宮魔法：探知《ディテクト》】。そのままの意味で、周囲に目的の物がないのか探せる魔法だよ』

「へぇ、凄いじゃないか」

『ただし、これも迷宮の外で使用すると効果が落ちる』

【迷宮魔法】は基本的に、迷宮内で使用するのが前提だ。だから外で使えば効果が落ちるものが多い。この【探知】もその一つのようだ。迷宮内ならどこでも物や人が探せるが、迷宮外ではせいぜい半径五〇メートル程度なのだという。

それでも、薬草のように小さな物が、範囲内にあるかどうかを探せるのはありがたい。

早速、使用してみると、夜露草と思われる反応が三〇メートル先に探知できた。

「お、みっけ」

近寄り、屈んで採取していると、後ろの茂みからスライムが二体、同時に襲い掛かってきた。

焦ることなく、俺は背を向けたまま魔法を発動させる。

「【迷宮魔法：火球《ファイアボール》】」

頭上に手のひらサイズの火球が生み出され、スライムへ飛んでいった。命中したスライムはしばらく火の中でもがき、やがて体の二割ほどを失い、でろりと溶けた。

『きちんと採取している間も警戒していたみたいだね』

「ああ、探知に引っ掛かってくれたからな」

採取中も【探知】を使い、他の夜露草を探していたのだが、それが功を奏した形だ。一人なのだから、今後もこうして周囲の警戒は怠らないようにしなければならない。

「冒険者たちがパーティを組む理由が分かったよ。将来的には俺も組みたいけど、果たして俺みたいに変に突出した力を持った奴を、受け入れてくれる所があるかどうか」

ぼやいていると、迷宮核はこんな提案をしてきた。

『それは大丈夫。気に入った人がいれば、〝眷属《サーヴァント》〟にすればいいんだよ』

「眷属？」

『そう。契約を結んだ相手を、迷宮主の力で強化するんだ。今はレベルが低くてスキルが覚醒していないけど、スキルを使えるようになれば、きっと連携が取れる相手も見つかるさ』

「それは便利なスキルだな」

単調な作業も、こうして雑談をしているとあっという間だった。

☆　☆　☆

五日後。期日より早く呼び出された俺は、再び情報屋の元を訪れていた。朝でも酒場は営業しており、以前と違う店員がカウンターの奥に立ってグラスを磨いていた。

「来たな」

以前と同じ席で、情報屋が待っている。相変わらず顔はよく見えない。

「まずは、お前さんの父親に関する報告をさせてもらおう」

結論から言えば父は見つからなかった。半ば予想していた答えに、俺は短く息を吐く。

「不思議なことに、全く痕跡が見つからなかった。どこに立ち寄るにせよ、必ず記録は残る。だが、それすらないのは不自然だ」

村や街の入り口では、門番にステータスカードを見せるのがほとんどだ。そうでなくても、なんらかの方法で記録はされる。カードの偽造は不可能。仮になんらかの方法で偽造したとしても、父が他人になりすますメリットと、罪の重さを考えればそれもない。

「何を言いたいのか分かるな」

「……分かりたくありません」

アリスター領の村や街を調べ尽くしてくれたのだろうが、まだそれ以外を捜していないだろう。父なら、魔物が出没する森の中で生きている可能性だってある。だから俺は、金貨を一枚差し出した。

「追加料金です。もう少し範囲を広げて確認してください。それに、この五日の間、入れ違いになった可能性だってある」

「いいのか？　無駄足になる可能性の方が高いぞ」

彼の中ではとっくに結論が出ているのだろう。良心からか、これ以上の調査は断ろうとしたが、俺は頑として金貨を渡そうとした。

「五日の間で調べられる範囲で構いません」

「……いいだろう。ただし、今のうちから覚悟だけはしておいた方がいいぞ」

村を出た時から覚悟はしたつもりでいた。それでも、実際に突き付けられると心が押し潰されそうになる。情報屋が酒場を出ていく。一人、取り残された俺は、ギュッと拳を握る。

「まだだ」

もう一つの情報源を確認するために冒険者ギルドへと赴く。

まずは昨日受けた依頼の完了報告を行い、素材の提出をした。昨日は薬草採取に、コボルトとゴブリンの討伐依頼を受けたのだ。どちらも楽な相手だった。コボルトの尻尾と、ゴブリンの腕も提出する。

「おめでとうございます。これでマルス君もEランク冒険者ですね！」

「ありがとうございます」

ルーティさんに預けた冒険者カードが返ってきた。

そこにはランクを示す『E』という文字が大きく描かれていた。

Eランクには F ランクの依頼を一〇回連続で達成することで昇格できる。これで一つ、上級冒険者との交流に近付いた。

「で、父の情報は何かありますか？」

「そちらですか……」

ルーティさんは歯切れ悪く、ここ数日の成果を教えてくれた。彼女の答えも、情報屋のものと似たり寄ったりだ。あるとすれば、情報料目当てのガセ情報くらいだったらしい。受付嬢の勘で、あらかじめそうしたものは門前払いにしてくれているのだという。

「恐らくは、どこの街へも立ち寄っていないんじゃないかと思われます」

ルーティさんの結論も情報屋と同じだった。

「この話はやめましょう」

俺の中でも答えは出ている。けど、口にした瞬間に現実になってしまいそうで怖い。恐らく、母やクリスだって同じ結論に達している。

気を取り直し、今日はEランクの依頼を引き受けてみることにした。ルーティさんにどれがオススメか聞いてみると、少し迷ってから数枚の依頼書を差し出してくれた。

無難そうなものを選んでいると……、

「お、ルーティちゃん。難しい顔をしてどうしたんだい？」

隣のカウンターで完了報告をしていた冒険者が話し掛けてきた。綺麗な金髪に、爽やかな笑顔の男だ。腰に差した剣から、剣士であることが分かる。

「ブレイズさん……そうです、ブレイズさんたちは商人の護衛依頼であちこちの町を転々とされていたんですよね」

「ああ、そうだ。さっき帰ってきたところだ」

「だったら目撃した可能性があるかもしれませんよ」

「ん、どういうことだ？」

俺も一縷《いちる》の望みと共に、張り紙を差し出し事情を説明した。

しかし、ブレイズさんは首を振った。

「いや、見ていないな」

「そうですか……。ご協力ありがとうございました」

結局は空振りに終わってしまい、肩を落とす俺に、ブレイズさんは視線を向けてきた。

「彼は新人か？」

「そうです。冒険者になってから一週間でEランクになった、期待の新人ですよ」

「へぇ、それは凄いな」

やや無遠慮に、ブレイズさんが俺の頭から足先まで観察してくる。どうやら装備に目が行っているらしい。

「一級品だな。どうした？」

「迷宮で手に入れたんです」

それ以上は語らない。

「ところで、ブレイズさんは次の依頼は受けられましたか？」

ルーティさんの問いに、ブレイズさんは「ああ」と頷いた。

「珍しいですね」

ブレイズさんは商人の護衛依頼を受けていた。数日は拘束されるため、普通なら終わったら休みを取るものらしい。ところが、ブレイズさんは帰ってくるなり新しい依頼を受けたという。

「まあ、暇潰しで眺めていた掲示板にこの依頼を見つけちまったからな」

そう言って依頼票を見せる。

「ああ、それですか。それなら仕方ありませんね」

ルーティさんは一人で納得していた。俺が訳も分からずにいると、ルーティさんはブレイズさんに、こんなことを言い出した。

「そうだ。せっかくですからマルス君も連れていってくれませんか？」

「えっ？」

依頼票を見ると、とある村の近くの森に棲み着いた魔物の群れの討伐らしい。ランクはCランク。

「おいおい、村の連中の証言だと、相手は数十匹だ。そんな場所へ荷物持ちとはいえ、Eランクになったばかりの新人を連れていくつもりはねぇぞ」

「ブレイズさんたちのパーティなら、Cランク相当の依頼は難なく達成できるでしょう。それに、彼の実力は間違いなくランク以上であると、私が保証します」

「ほう……」

最も多く冒険者と接する、受付嬢の保証。冒険者ギルドにおいて、それに勝るものはない。

「いいだろう。連れていってやる」

「えっと……」

当人である俺は事情が全く呑み込めていなかった。

「ブレイズさん、でいいんですか？」

「ああ、そうだ。ここアリスターを拠点に活動している、Bランク冒険者のブレイズだ」

「あれ？　Bランクの冒険者がCランクの依頼を受けてもいいんですか？」

「基本的には自分のランクよりも下の依頼を受けても問題ありません。ただ、下のランクの冒険者の仕事を奪っている形になりますので、彼らからいい顔はされませんし、ギルドも推奨しません」

ではどうして、ブレイズさんはわざわざこの依頼を受けたのだろうか。

「本来ならやりたくはないが、故郷の危機だからな。自分たちでどうにかしたかったんだ」

依頼を出したのはセイルズ村。ここはブレイズさんの故郷らしい。しかも、幼馴染六人でパーティを組んで活動しているため、パーティ全員の故郷でもある。

「俺たちのパーティに同行するだけだし、お前のランクだと正式な参加にはならず功績は認められないけど、しっかり働いてくれればその分だけ報酬は渡してやるさ」

「という訳で依頼を受けることは可能です。情報については、集めるには数日は必要になりそうですし、一緒に依頼を受けてみてはどうでしょうか？　他の冒険者に同行して依頼のやり方を学ぶのも勉強になりますよ」

如何でしょうか、なんて聞いてくるが、これは冒険者ギルドの受付嬢と先輩冒険者からの勧めだ。

荷物持ちのように酷使されるようなことはないだろうが、これは凄く断りづらい内容だ。俺は能力が特殊なので、信頼できる相手が見つかるまでは単独で動きたいところだったんだけど……。

「……はい。微力ながらお手伝いさせていただきます」

本当に手伝い程度で済ませれば問題ないと判断し、受けてみることにした。

「よし、今日は仲間が休んでいるし、新しい依頼を引き受けることは伝えていないから仲間の紹介は明日の朝だ」

「え、大丈夫なんですか？」

「あいつらも自分たちの故郷の危機なら駆け付けてくれるだろ」

と、爽やかに笑っているが、本当に大丈夫なんだろうか？

「じゃあ、明日は朝に北門の前で集合だ」

笑いながらブレイズさんが冒険者ギルドから出ていってしまい、取り残された俺は仕方なく、承諾書にサインした。

☆　☆　☆

翌日、冒険者ギルドの依頼で数日は帰らないことを母たちに伝えると、やはり心配されてしまった。それでも冒険者としてやっていく上で必要な経験だと伝えると、母は渋々ながら納得してくれた。

討伐を依頼したセイルズ村は、アリスターから馬車で一日以上も離れた場所にあり、途中で野営をする必要がある。

「予定通りにいけば四日後には必ず帰ってくるから」

「分かりました」

クリスを宥《なだ》めるのが大変だったが、どうにか納得してもらい、北門へと向かった。早朝だというのに街を出る商人や冒険者が多く押し掛け、対応に追われる兵士が眠気と戦いながら忙《せわ》しなく働いているようだった。

「お、やっと来たな」

「すみません。お待たせしましたか？」

「いいや、大丈夫だ」

北門では既にブレイズさんが待っていた。

詳しい時間を決めていなかったので先に来て待っていようと思っていたのだが、向こうの方が先に来てしまっていた。

「今日はよろしくお願いします」

「おう！」

早朝でも、ブレイズさんの笑顔は爽やかだ。

隣に立っているのはパーティメンバーだろう。彼らからは、訝しむような目を向けられている。

まあ、リーダーがいきなり依頼を引き受けてきた上、その依頼に見知らぬ新人が加わることになった、と言われても困るだろう。

「まずは俺の仲間を紹介するぜ。こっちのハルバードを持ったムスッとしているのが――」

「ギルダーツだ」

そう名乗った男は、それきり黙ってしまった。厳《いか》つい顔つきと態度に気圧されそうだが、人を見た目で判断するのは良くないと父も言っていた。

「マルスです。よろしくお願いします」

ギルダーツさんに向け、握手のつもりで手を差し出した。

「……？」

握ってくれない。無視されている、というよりも俺の差し出した手を見てキョトンとしていた。もしや、握手はしない主義なんだろうか。

「相変わらずギルダーツは愛想が良くないな」

ギルダーツさんの姿を笑いながら見ていた、背の低い男の冒険者。一目で俺とは違う種族の特徴を持った男が、代わりに手を握った。

「ワシはグレイ。見て分かると思うがドワーフだ。お前さんより身長は低いが、これでも歴《れっき》とした大人で、パーティでは盾を使って防御を担当しておる」

グレイさんのゴツゴツした手から、実力の程が伝わってくる。

ドワーフ。人間とは少々違う種族で、成人しても平均的な人間の大人よりも少し背が低い。それでいながら力は人間よりも強く、手先が器用な者が多いため鍛冶や陶芸を生業《なりわい》とすることが多いという。デイトン村にはおらず、アリスターでも少数らしいので、見るのは彼が初めてだった。

グレイさんは力の加減ができないのか、多少強めに握っているようだった。ステータスの差から、痛くはない。

「マルスです」

「合格じゃな」

「合格？」

「ワシだけでなく、ギルダーツも少しばかり威圧しておった。ところが、全く気にした様子がない。ワシらの威圧にも気づけないほどの馬鹿か、相当な実力を隠した強者《つわもの》のどちらかじゃな」

度胸を試されていたということか。確かに威圧されているのは感じていた。けど、微風に等しいぐらいしか感じなかったので平然としていられた。

「ええ……わたしには分からないけどな」

「強そうには見えない、けどね」

二人の女性が左右から覗き込んでいた。

どちらも年上。それに美人なので見つめられてちょっとドギマギしてしまう。

「初めまして、私はマリアンヌ。魔法使いよ」

「わたしはリシュア。錬金術師をやっているわ。ちょっとした魔法道具ぐらいなら作れるから、パーティの資金はわたしが稼いでいるようなものね」

錬金術師は初めて見た。特殊なスキルを用《もち》いて、専用の鉱石に付与した魔力で魔法道具を作り出せる稀有《けう》な職業だ。魔法道具が高いのは、彼らの数が少ないという理由がある。

「ま、ウチのパーティの場合、金食い虫のために錬金術師をやっているようなところがあるんだけどね」

「おいおい、金食い虫って俺のことか？」

六人めが馬車の中から姿を現した。銃を背負った青年が、リシュアさんに抗議する。

「あいつはネイサン。金食い虫だってリシュアが言ったのは、奴が使っている武器が銃だからなんだ」

銃も初めて見た。火薬を爆発させて弾を飛ばす武器らしいが、一発の弾を用意するだけでもかなりの金が掛かるらしい。おまけに作製には高い技巧が必要になる。そこで、錬金術師が弾を量産するのだそうだ。錬金術は剣のような大きな武器を作るのに不向きなので、需要と供給が噛《か》み合っているということにもなる。

「これが俺たちのパーティだ。目的地のセイルズ村までは馬車で移動することになる。一時的とはいえ、お前も俺たちのパーティメンバーになるんだから、堅苦しい言葉遣いとかはナシでいこうぜ」

「ありがとうございます」

「直ってねぇぞ」

「これは――父から敬《うやま》う人に対しては敬語を使うよう、教えられたからです。教えを乞《こ》う相手なら敬わなければなりません」

「そういうことなら、仕方ねぇか。俺たちも父親の教えを無視しろ、なんて無理強いをするつもりはない」

ブレイズさんたちは、想像よりいい人ばかりであった。安堵と共に、セイルズ村への旅が始まった。

☆　☆　☆

馬車での移動は順調。街道を利用しているため魔物が襲ってくることもない。とはいえ、警戒は怠れない。交代で馬車の外へ出て、周囲を見張ることにしている。今はブレイズさんとギルダーツさんが外へ出ていた。

俺も見張りから戻り、暇な時間になっていた。せっかくなので、馬車で同じように暇そうにしていたマリアンヌさんに、彼女たちのことを訊《き》いてみた。

「あの」

「なぁに？」

「皆さんは幼馴染なんですよね。生まれはセイルズ村……」

「そうよ。私たち六人とも、セイルズ村で生まれた同い年で、兄弟同然に育っていたの」

「どうしてみんなで冒険者になろうと？」

「ある日、魔物に襲われた村を冒険者が助けてくれたの。男の子たちはその冒険者に憧れちゃって、その時から『将来は冒険者になるんだ！』って。それに幼馴染のよしみで、私たちも付き合ってあげているのよ」

特に憧れが強かったのがネイサンさんなのだという。その時に助けてくれた冒険者の中に銃を扱う人がいた。その姿に憧れたため、金がないにも拘《かかわ》らず銃を手にするようになったのだそうだ。

「新人の頃は本当に大変だったのよ。リシュアも錬金術は使えなかったから、ネイサンはずっと金欠で、私たちが援助してなんとかやっていけていたの。それだけじゃない。彼だけじゃなくて、私たち全員が、村の人たちから支援を受けていたわ」

マリアンヌさんは、村は決して裕福ではないが、それでも冒険者になる夢を追いかける村の子供を、温かく支援してくれた、と語った。

「Bランクまで来れたのも村のみんなのおかげかな。だから、村が困っていることがあるなら、私たちが助けようって決めていたのよ。村の蓄えじゃCランクの依頼が精いっぱいだろうけれど、それでも私たちが助けようって」

「……いい話ですね」

同じ田舎の貧しい村でも、デイトンには、そんな温かな人はいなかった。ブレイズさんたちはとても恵まれているのだと羨《うらや》ましくなった。

恩を返すために働こうと思い立つ気持ちも理解できる。もちろん俺も、普通に暮らせていれば、兵士として村を守りたいという気持ちはあったのだが。

「マルス君は、どうして冒険者になろうと思ったの？」

マリアンヌさんの質問。特に話して困るような内容でもないため正直に話す。

「お父さんは見つかっていないの？」

「どこに行ったのか全く手掛かりがない状態です」

「そう……」

きっと彼女の頭の中にも最悪のパターンが過《よぎ》っている。けど、俺だけは父の無事を信じてあげなければならない。でなければ心が暗く塗り潰されてしまう。

「お父さん、見つかるといいわね」

「はい」

「え、なんの話をしているの？」

馬車の隅で作業に没頭していたリシュアさんが、一段落付いたのか会話に加わってきた。パーティのために彼女が用意する物は多い。こうして移動時間も使わなければならないのだろう。

「あ、そうそう最初に会った時から気になっていたんだけど、これって収納リングよね。それもかなり高級な」

リシュアさんは俺の左手に嵌められた指輪を羨ましそうに見た。

「ええ、そうですよ」

「どうやって手に入れたの？」

「これは迷宮で偶然手に入れたんですよ」

装備についてあらかじめ決めておいた設定を口にした。

「聞いて。この子ったら冒険者になった日に迷宮へ行ったんだって」

「へ？　それはさすがに危ないわよ」

「あ、それは十分身に染みました」

迷宮にどんな冒険者が来るのか知らずに入ってしまった。もちろん詳細は語らないが。

「迷宮へ入った時に罠に引っ掛かって怪我をしてしまったので、今後は無茶な真似は控えようと思います」

もし危険な状況になるようなら全力を出すまでだ。さすがに一万を超えるステータスで切り抜けられない危機などほとんどないだろう。

「本当に？」

「ええ。借金も全額返済できましたし、強い装備も手に入った。これ以上無茶をする理由がないですよ」

「その装備も気になっていたんだよね。結構凄い魔法効果が付与されているよね」

錬金術師として気になるのか、俺の装備から目が離せないようだ。追及されても面倒なので、俺は「自由に調べていい」と伝えた。

「いいの!?」

「ちょっとリシュア」

「本人が『いい』って言っているんだからいいじゃない」

コートを脱いでリシュアさんに渡す。彼女は興奮を抑えられないようで、子供のようにキラキラした目をコートへ向けている。

「凄い。どんな効果が付与されているのか全く分からない」

「リシュアでも？」

「わたしの【鑑定】はCランクまでなら効果が分かるんだけど、このコートは全く分からないの。もしかしたら、Aランク……ううん、場合によってはSランクっていう可能性も……！」

コートを握りしめたままぶつぶつ呟くリシュアさん。今は、そっとしておいた方がいいかもしれない。

「ごめんなさい」

「いえ、俺は大丈夫ですよ」

「最初はネイサンやパーティのために始めた錬金術だったんだけど、思っていた以上に性《しょう》に合っていたみたいで、すっかりのめり込んでいるの。今じゃ、彼女の作った魔法道具に固定客も付いているくらいなのよ」

「凄い人なんですね」

村には魔法道具がそれほどなかったため、価値があまり分からない。それでも、錬金術師として生計が建てられるくらいに凄いんだっていうことは、なんとなく分かった。

「おい、そろそろ休憩するぞ」

御者《ぎょしゃ》を務めていたネイサンさんが叫ぶ。

「うあ？」

馬車の中で寝ていたギルダーツさんも起きた。

「今日はここで野営することになる」

見晴らしのいい平原。ここなら近くに隠れられる場所もないため、魔物の接近に気づくことができる。村へ帰省する時にはいつも利用している場所みたいなので信頼できる。女性陣は馬車で、男性陣はテントを張って眠ることになった。俺もテントへお邪魔しようと思ったのだが、大人四人が寝るとかなり狭い。ブレイズさんたちに比べれば小柄な俺でも、入るのは難しい。

「あなたはこっち」

マリアンヌさんが馬車をポンポンと叩く。俺もそっちで寝ろ、と？

「さすがにマズくないですか？」

「大丈夫よ。襲ったりしないでしょ」

「もちろんです」

「じゃあ、決定ね」

何故か、マリアンヌさんに気に入られてしまったらしい。その後、どうにか回避する方法を夕食の準備をしながら考えていたが、結局それらしい方法は思い付かず、馬車へと連れ込まれることになってしまった。

☆　☆　☆

「あれがセイルズ村ですか」

「そうだ」

いよいよブレイズさんたちの故郷が見えた。セイルズ村は、農業と近くの森の狩猟で生活している村らしい。辺境でありながら魔物も比較的少なく、豊かでないにせよ、村人は安定した生活を送っているのだそうだ。しかし今回、森に多数の魔物が出現してしまい、平和な村が危機なのだという。

もしも被害が出ていたらどうしようか、と俺が心配しているのを察したのか、マリアンヌさんが「見て」と村を指した。

「心配いらないわ。門の警備もいつも通りだし、まだ被害は出ていないんじゃないかしら」

「なるほど」

馬車は村の門に辿り着く。すると、門の前に立つ二人の兵士が叫んだ。

「止まれ!」

随分険《けん》のある態度だ。もしかして入村を拒否されるのかと思っていると、兵士は御者台のネイサンさんを見て安堵したように息を吐いた。

「お前らか」

「ギルドの依頼で来た。通してくれ」

ブレイズさんの挨拶《あいさつ》に、兵士は素直に門を開けた。

「よく来てくれたな。頼んだぞ」

「ああ、任せとけ」

頼もしく胸を叩いたブレイズさんを、兵士たちは羨望《せんぼう》の眼差《まなざ》しで見送った。こういった信頼感は、まだ俺には向けられることがない。実績から来るものは積み上げるしかないのだ。

村の中でも大きな家に着くと、六〇歳くらいの白髪の男性が出迎えてくれた。どうやら、彼が村長らしい。

「ブレイズ、よくぞ来てくれた。ん？ そっちの若いのは？」

「ああ。ギルドから新人を連れていって勉強させるよう頼まれたんだ。報酬に変わりはないから問題ないだろ」

「そうか。それならいい」

報酬はパーティに対して支払われる。臨時加入の俺がいたところで、依頼主が支払う報酬は変わらない。

「頼んだ身としてなんだが、お前たち、あんな金額で受けて大丈夫なのか？」

「これでも稼いでいるからな。故郷の危機に駆け付けるぐらいの余裕はあるさ」

「お前たちがそう言うなら構わないが……」

どうやら村長は、ブレイズさんたちのことを心の底から心配しているようだ。人の父に盗みの嫌疑を掛け、家族を奴隷として売ろうとした自己中心的などこかの村長とは大違いだ。

「そろそろ仕事の話に移らせてもらおうか」

帰郷を懐かしんでいたブレイズさんの表情が真剣なものへと変わる。

「森で確認されたのは、フォレストウルフ《森林狼》で間違いないんだな」

「あの森に入った者がフォレストウルフの姿を目撃している」

フォレストウルフ。狼型の魔物で、草木や動物を捕食して生きる凶暴な魔物だ。通常、生きるための食事は必要ない魔物だが、魔力を取り入れれば強くなれるため、魔力量の多い物を捕食したがる。動物なら、とりわけ人間をよく狙う傾向にあるのだ。

フォレストウルフは一体一体がそこまで強い魔物ではないが、群れで行動するのが厄介だ。もし群れと遭遇すれば最悪、欠片《かけら》も残さず食われることすらある。

「見た者によれば、百体近くの群れだそうだ」

やや気まずそうに、村長がそう口にした。途端、ブレイズさんが難しい顔になる。

「……契約違反なのは理解しているな？」

「もちろんだ……」

「もしも、俺たちが来なかった時には問題になっていたぞ」

ブレイズさんが言っているのは依頼の手順の話だ。事前に群れの規模が分かっていれば正直に申告しなければならない。そうすると、ギルドが難易度を高く設定し、高ランクの冒険者を斡旋《あっせん》されたりと依頼料が嵩《かさ》むことになる。今回のように群れの規模は不明だとしていれば、平均的な強さで判断される。こうした制度を故意に悪用すれば、最悪違反金もあり得る。

「すまない……生活のためなんだ……」

「分かっているよ。みんなは安心して待っていてくれ」

「……ありがとう」

ブレイズさんは手を振って、村長との話を切り上げた。

「よし、行くか」

「群れがまとまっていてくれれば、今日中に片付くかもしれないな」

問題なく依頼を開始した俺たちは、早速森へと向かうことにした。

「あの……百体の群れって、よくあるんですか？」

ふと疑問に思い、ブレイズさんに訊いてみる。村の近くには森で縄張り闘争からあぶれた魔物しか来なかった。だからそんな数の魔物を見たことがない。群れで動いているものでも、五体がせいぜいだ。ブレイズさんは首を振って否定した。

「たぶん複数の群れが集まっているんだろうな。いくら群れで行動するといっても、一つの群れで百体も集まるなんて異常だ」

「その場合、複数の群れをまとめるボスがいるはずよ」

魔物の中には、時に異様な進化を遂げた個体、いわゆるボスが現れることがある。そういった魔物には、同種の魔物を支配下に置くことができる能力が備わる。支配された魔物たちは本能ではなく、ボスの指令で動くようになるらしい。

迷宮にもそうした上位種の魔物はいるのだが、俺はまだ見かけたことがなかった。

「まずは、フォレストウルフを探そう」

ブレイズさんとギルダーツさんが先頭に立つ。二人のすぐ後ろにグレイさんが構え、守られているネイサンさんが銃を向けながら周囲を警戒している。これが彼らの探索のフォーメーションのようだ。マリアンヌさんは後ろで魔力を温存し、リシュアさんは群れを追う手掛かりを探していた。

「あった」

しばらくすると下を警戒していたリシュアさんが何かを発見して屈んだ。足跡だ。

「フォレストウルフの足跡で間違いない。それに、まだ土が軟らかい。さっきまでここにいたのかもしれない」

リシュアさんは経験から来る推測を口にした。足跡の数から、フォレストウルフは群れでどこかへ移動しているのが分かる。

「こっちだな」

進行方向に大凡《おおよそ》の見当を付けると、ブレイズさんは迂回するルートを選んだ。

「真っ直《す》ぐ追わないんですか？」

足跡を追っていけば最短でフォレストウルフに辿り着けるはずだ。

「早く依頼を達成することも大切だけど、安全第一で進んでいく必要があるの。このまま進んでいくと待ち伏せされる可能性があるでしょう。それよりも奇襲した方が確実だから見つからないように進んでいくの」

「なるほど」

ただ追いかけて殲滅《せんめつ》すれば終わりだと思っていたが、そう単純なものではないらしい。だが、奇襲するといっても簡単ではない。予想が全く異なっていれば、見当違いな場所へ進むことになる。そうなると、逆に奇襲される危険性もある。

彼らは、これまでの冒険者生活で培《つちか》った経験から進行方向を推測している。俺にはない技術だ。

「捜索用の魔法道具があれば、こんな苦労もしなくて済むんだけどね」

「そんな物があるんですか？」

リシュアさんの言葉に興味を惹《ひ》かれる。

「ええ。といっても、現代の技術じゃ作れなくて、迷宮の宝箱から手に入れるしかないらしいの」

ただでさえ入手が難しいが、見つかるのも数十年に一度という頻度で、大変に稀少な物であるらしい。それ故に、国が主催するオークションで、大貴族たちが争うように金を出して競《せ》り落とすのだそうだ。

「その魔法道具があればフォレストウルフも見つけられるんですか？」

「噂《うわさ》で聞いたところだと、探したい生物の毛を入れるだけで、羅針盤《らしんばん》の針が相手の方向を指し示すらしいわ」

「凄いじゃないですか」

「お前ら、静かにしろ」

ブレイズさんに諫《いさ》められ、俺たちは口を噤《つぐ》んだ。ここは魔物の跋扈《ばっこ》する森の中。大声は厳禁だ。

「いたぞ」

見つけたのは五体のフォレストウルフ。どうやら食事中らしく、木のそばに生えた魔力が豊富な草を食べていた。まだこちらには気づいていない。

「どうする?」

「とりあえず、いつも通りでいいだろ」

「おう」

ネイサンさんが銃を構える。銃口は最も奥で草を食べている個体に向けられる。

「悪いな」

破裂音と共に弾丸が発射され、狙い通りに一体の頭部を撃ち抜いて仕留めた。

「よし、行くぞ!」

ブレイズさんとギルダーツさんが同時に駆け出す。残った四体のフォレストウルフも、仲間が倒れたことで、ようやく近付いてくる敵の存在に気づいた。しかし、その時には既にブレイズさんが剣の届く距離にまで迫っている。手前にいた一体を剣で斬る。鮮血の舞う中、そばにいたもう一体も斬る。

残った二体の魔物がブレイズさんを避け、後方にいる俺たちへ向け駆け出す。しかし、三体目のフォレストウルフがギルダーツさんの手によって仕留められ、奥にいた俺たちの所まで到達した一体も、盾を構えたグレイさんによって食い止められる。

「ふん、ぬるいわ!」

グレイさんが盾でフォレストウルフを受け止めたまま地面に叩き付ける。フォレストウルフは昏倒したようで、苦しげに呻《うめ》いていた。

「かなり丈夫じゃな」

持っていたナイフで仕留める。五体いた魔物は、あっという間に倒されてしまった。

「こんなものじゃよ」

その時、

――アオオォォォォン！

狼の吠える声が聞こえる。ネイサンさんが舌打ちし、銃を構えた。

「チッ、まだ一体残っていたか」

離れた場所にいるもう一体が見えたのと同時に、ネイサンさんが遠吠えしている個体を射殺した。

「今のは少し厄介だな」

剣を鞘に収めながらブレイズさんが言った。

「厄介？」

「今の遠吠えは仲間に危険を知らせるものだ。一緒に行動していた仲間は全て仕留めた。となると、離れた場所にいる別の群れに危機を伝えたんだろう」

百体の群れはリーダーの下でまとまってはいるが、常に行動を共にしているわけではない。森中に散らばっているようだ。

「個別に撃破していくつもりだったけど、計画が狂ったかもしれない」

仲間の警告を聞きつけ、群れが集まるかもしれない。

「さっさと仕留めることにするぞ」

ブレイズさんの言葉に他の五人が頷き歩き出す。仕留めたフォレストウルフはそのままだ。

「剥ぎ取りとかはしなくていいんですか？」

フォレストウルフの皮は服などに利用される。ギルドへ持ち帰れば買い取ってもらえるのだ。

「そんな余裕があるか？」

「ワシらの目的はフォレストウルフの討伐じゃ。今は素材の採取よりも、討伐を優先させるべきじゃな」

確かにグレイさんの言う通りだ。俺がリングに回収してもいいのだが、これはブレイズさんたちの獲物なのと、百体全ての収納は難しそうなので諦めた。

「おい」

少し歩いたところ、どこかへ駆けていくフォレストウルフを見かけた。数は八体。こちらに気づいているようだが、どこかへ向かっている最中なのか、無視して行こうとする。

「やっぱり集まっている最中だったか」

「任せて」

距離が離れているにも拘らず、マリアンヌさんが杖を振るう。すると杖の軌跡に沿うように、風の刃《やいば》が放たれて途中にあった木の枝や草を斬り裂きながら三体のフォレストウルフに直撃する。その一撃で三体とも事切れ、周囲の仲間たちも、こちらを無視できなくなった。

「そうだ。お前たちの相手は俺たちだ」

襲ってきた五体も、ブレイズさんとギルダーツさんの手によって次々と始末された。

その後も二つの群れと遭遇した。しかし、さっきの群れとは違い、どちらも好戦的に襲い掛かってきた。まるで、ボスが命令を変えたような行動の変化だ。グレイさんはナイフをしまいながらこう推測した。

「時間稼ぎが目的じゃろうな」

「時間稼ぎ？」

「そうじゃ。広い森のあちこちに群れが散らばっているのじゃろう。全て集めるには時間が掛かる。態勢が整うまで、下っ端を捨て駒にしているんじゃ」

犠牲を承知で同種を切り捨てる行動に、俺は困惑した。

「それがボスのやることなんですか？」

「魔物がどういう思考をしているのかは知らん。じゃが、獣は群れのために、時には捨て身にもなるものじゃ。それが上位者の命令であればなおさらじゃろう」

どこか納得しないまま森を奥へ進んでいると、開けた場所に出た。これまでフォレストウルフの痕跡を辿って進んできたが、嫌な予感がした。

「どうやら誘い込まれたみたいだな」

周囲に意識を向けると、かなりの数のフォレストウルフが潜んでいるのが分かった。当初の目測である百体も超えているだろう。

「勝てますか？」

「さすがにこれだけの数に囲まれると戦力差が厳しいな。ここは一旦、退却しつつ、襲い掛かってきた敵を倒していく方針でいこう。間違っても包囲されるようなヘマだけはするなよ」

「分かっている」

囲まれればBランク冒険者でも敗北する可能性が高いようだ。慎重に行動する必要がある。前方に警戒しながら、ゆっくりと足を後ろへ下げる。

「ちょっと待って！　正面からボスが来るみたいよ」

「チッ、逃げながら対処するにしても、指揮している奴次第だな」

大きな足音が正面から聞こえる。木々の間から、ボスが姿を現し、俺はその姿に驚愕した。

「え、狼男……？」

フォレストウルフの上位種と聞いて同じ四足歩行の狼を想像していた。しかし、現れたのは、人間のように二本の足で立つ、体長三メートルほどの巨大な人型の魔物だった。狼というより、物語に出てくる狼男のようだ。だが、フォレストウルフたちは狼男の周囲で、家臣《かしん》のように寄り添っている。上位種であることは間違いないようだ。

「ウォー《戦》ウルフ《狼》だと!?」

聞いたことのない名前だ。すぐに迷宮の魔物の一覧から、該当するものを検索する。

ウォーウルフ。狼の俊敏《しゅんびん》性と力強さに、人間のような器用さとある程度の知性が備わった魔物。足場の悪い環境でも自由自在に跳び回り、手に生えた爪で相手を仕留める。フォレストウルフのように森を好んで生活するが、下位種のフォレストウルフとは違い、草を食べずに肉ばかりを好んで食べる。非常に好戦的で、時には支配下にあるフォレストウルフを食べてしまうほどに凶暴らしい。

討伐にはBランク冒険者の力が必要だとされている。ブレイズさんたちのパーティなら対応可能だが、それは相手が単独である場合の話だ。

「ウォーウルフの相手までしていられるか」

「そうよね」

大量のフォレストウルフに囲まれている今、ウォーウルフの相手は荷が勝ちすぎる。リシュアさんはブレイズさんの言葉に同意すると、収納リングの中から拳大の石のような物を取り出し、ウォーウルフへ向けて投擲した。地面に落ちた瞬間、石が凄まじい衝撃を放ち、魔物たちを吹き飛ばした。ウォーウルフも予想だにしなかったのかまともに受けて倒れている。

「わたしの作った特製爆弾よ」

これが錬金術師の戦い方か、と俺は感心した。

「今のうちに逃げるわよ」

リシュアさんの言葉で、パーティ全員で背を向け、脱兎《だっと》の如く走り出す。

だが、

「ぐぅ……！」

「「グレイ!?」」

衝撃音と呻き声に振り向くと、殿《しんがり》を務めるグレイさんがウォーウルフの突進を受け止めていた。どうにか耐えるものの、あまりの威力に若干押されている。

「ワシのことは気にするな！」

グレイさんを助けるためにギルダーツさんがハルバードで攻撃する。しかし、ウォーウルフの姿がヒュン、と消え、攻撃が空を切る。次にウォーウルフが姿を現したのはギルダーツさんの横。ウォーウルフが拳を突き出す。

――ダァン！

ネイサンさんが発砲し、拳を突き出すウォーウルフへ銃弾が迫る。ウォーウルフが再び消えるように移動し、銃弾は通り過ぎていった。

「……助かった」

「いや、いい。聞いていた以上にウォーウルフは厄介だな」

　ウォーウルフの最も厄介なところは、狼の俊敏性を持つことだ。人間のような自由度の高い動きで、狼のように縦横無尽に跳ね回ることができる。近くで見ていた者には、まるで消えたように見えてしまうのだ。

「ところで、ウォーウルフを相手にした経験はあるんですか？」

「ないな」

　経験豊富なブレイズさんのパーティでも、ウォーウルフと遭遇した経験はなく、どのように戦えばいいのか分からない。

「どいて！」

　マリアンヌさんがウォーウルフへ風の弾丸をいくつも放つ。それは後ろへ跳んで回避されてしまった。

　その間にも、左右の茂みに隠れていたフォレストウルフが次々と姿を現す。ウォーウルフの指示だ。自分の圧倒的な力を見せつけ、獲物が動揺しているところで囲んで仕留める腹積もりだろう。

「しっかりしろ！」

　連携が崩れかけた仲間に、ブレイズさんが檄《げき》を飛ばす。その光景を見た瞬間、ウォーウルフの口元がニィッ、と歪んだ。

　ウォーウルフは拳を構え、ブレイズさんへ狙いを定め突撃してきた。先ほどのやり取りでブレイズさんがパーティの要だと理解したようだ。ブレイズさんも気づいて迎え撃とうと剣を振るった。しかし、ウォーウルフは人間ではあり得ない動きで横へ跳び、無防備な胴体へと拳を突き出す。

確実に入ったと思ったのだろう。ウォーウルフの顔が愉悦に染まった。だが、

「悪いが、そこまでだ」

『……ッ!?』

俺は瞬時にブレイズさんの前に滑り込み、素手で拳を受け止めた。その勢いのまま腕を捻《ひね》り、ウォーウルフを転ばせる。倒れ込みながら、ウォーウルフの顔に驚愕が浮かんだ。

「え……」

その光景にブレイズさんたちが言葉を失っている。ウォーウルフの巨体を、筋骨隆々でもない俺が片手で転ばせたのだから無理もない。

意外にも、一番驚いたのは俺だ。ここまでの力が発揮できるとは思っていなかった。思わず手がすっぽ抜けてしまい、その瞬間を見逃さず、ウォーウルフは跳んで逃れた。

距離を取ったウォーウルフは、俺を睨《にら》み付け警戒している。同時に困惑もしているようだ。

「そうだよな。強そうには見えないもんな」

我がことながら、苦笑してしまう。

「助けに入りましたけど、問題ありませんよね」

「あ、ああ……」

彼らのパーティにとって、俺は異物でありお荷物だ。迂闊《うかつ》に飛び込めば、連携を乱しかねない。だから大人しく見学だけしていたが、さすがにこの危機は見逃せなかった。

「こいつの相手は俺がしますよ」

『グゥ……！』

「お、人間の言葉が分かるのか」

ウォーウルフが牙を剥き出しにして唸《うな》っている。自分よりも体躯の小さな獲物にナメられていると理解し、怒っているのだろう。俺も一人で十分だと、完全に理解した。

「まさか一人で戦うつもりか⁉」

「危険よ！」

ギルダーツさんとマリアンヌさんが声を荒らげる。俺は二人の焦りを無視し、魔力を練り上げた。

「何、あの魔力量……⁉」

魔法使いであるマリアンヌさんは気づいたようだ。

「【大地棘《グランドスパイク》】！」

魔法を唱えると、地面から岩の棘《とげ》が飛び出しウォーウルフの体を押し出して吹き飛ばす。吹き飛ばされたウォーウルフが木に叩き付けられる。

俺は悠々と神剣を鞘から引き抜き構えた。ウォーウルフも、自分の刃である爪を立てる。

「行くぞ――」

同時に駆け出す。神剣と爪がぶつかり合う。打ち合うごとに、爪はバラバラと落ちる。

『グァァッ……⁉』

数合《すうごう》打ち合った後、距離を取ったウォーウルフは自身の爪を見て顔を歪めた。再び逃れようとするウォーウルフが跳ぶ前に、飛び込んで蹴り上げる。小石のように飛んだ巨体が音を立てて落ちた。

よろよろと立ち上がるウォーウルフに、俺は挑発を浴びせる。

「まさか、自分に勝てる奴なんていないと思い込んでいたのか？」

フォレストウルフの中では特別かもしれないが、魔物の中では決して最強というわけではない。

――ワオオォォォォォン！

ウォーウルフが雄叫びを上げる。すると声を聞いたフォレストウルフが一斉に駆けてくる。同時にウォーウルフが背を向けた。

「仲間を犠牲にして自分だけ逃げるつもりか」

手の中に風を渦巻かせる。風は、俺の身の丈よりも大きな鎌を形作った。

「【狂風鎌《ヴォーテクスシックル》】」

森さえ一薙《な》ぎで斬り裂いてしまいそうな風が刃となる。

「鎌⁉　動きの速い狼型の魔物に対して、大振りな武器は危険だ‼」

ギルダーツさんの声が聞こえるが、俺は構わず【狂風鎌】を構える。

「……っ、伏せろ！」

まずいと思ったのか、ブレイズさんの号令で全員が伏せた。

「――断ち斬れ」

鎌を全力で振るう。すると、放たれた斬撃によって草木が切断され、少し遅れて倒れていく。

「森が斬れて……！」

まるで森がズレたような錯覚を受ける光景に、ブレイズさんたちが絶句していた。斬られたのは森だけではない。俺たちを取り囲んで襲おうとしていたフォレストウルフ、さらには逃げ出そうとしていたウォーウルフまでまとめて切断されていた。後には、上下二つに分かれた狼の死体だけが残されていた。

そこで唐突に限界が訪れた。

「ちぃ……！　まだ維持が難しいな……」

顔を顰めながら【狂風鎌】を手放す。風は形を保てず霧散してしまった。迷宮主となって全ての魔法に適性を得たことで、こうして最高ランクに位置する強力な【風】属性の魔法さえ使いこなせるようになったが、俺の魔法の腕が未熟だったため、まともに一撃放つだけで精一杯だった。

「これで依頼は達成ですか？」

森に溢れていたフォレストウルフ。状況から判断するなら、ウォーウルフが生まれたことによってフォレストウルフが森の中で優位になり、加速度的に増えたのが原因だろう。

ウォーウルフが倒された今、原因は排除されたと考えてもいいはずだ。

「まさか、本当に一人で倒したのか」

ギルダーツさんは信じられない、といった様子だ。

「できれば、ここで見たことは内緒にしてください」

「……俺たちだけだと手に負えなかった量の魔物。本来なら、何があったのか詳細をギルドに報告しないといけないところだけど、いいだろう」

「いいの？」

「俺たちはマルスに助けられたんだ。こいつがいなきゃ、今頃死んでいたさ」

ブレイズさんたちは追い詰められていたが、それでもウォーウルフと戦いながら村まで逃げ、建物を利用して敵の機動力を奪い、隙を狙いながら戦って仕留めることはできたかもしれない。しかし、その場合は逃げている最中に誰かが犠牲になっていたかもしれないし、村まで逃げれば村人に少なからず犠牲者が出ていただろう。恩を返したい彼らとしては村人に迷惑を掛けることは避けたいはずだ。だからそんな手段を取らせないよう、手助けしておいて良かった。

「ギルドで困ったことがあったら俺たちに声を掛けろ。多少の口利きぐらいはできるはずだ」

「ありがとうございます」

彼らとは会ったばかりで、どこまで信用することができるのか分からない。それでも、単純に目の前にいる心の優しい人たちを信じたい、と思った。

「それで、この状況はどうするんですか？」

周囲には百体近い数のフォレストウルフの死体がある。それに両断されたウォーウルフは、恐らく素材としての価値もフォレストウルフとは段違いに高い。

「ある程度は放置していくしかないだろ」

収納リングはリシュアさんが持っている物の一つしかない。どのみち、全てを持ち帰るのは不可能だ。俺のリングでも足りるかどうか。だが、俺には秘密の収納法がある。

「なら、俺が持ち帰ってもいいですか？」

「どうするつもりだ？」

とても背負えるような量ではないし、たとえ馬車でも不可能だとブレイズさんは言いたげだ。

「こっちのスキルも内緒にしてくださいね」

使うのは【迷宮魔法：道具箱】。魔法陣から道具箱を取り出すと、その場のみんなが驚いた顔をした。箱を右脇で抱えたまま両断されたフォレストウルフへ近付き、左手を掲げる。すると、瞬く間にフォレストウルフの死体が消えた。

「え、どこへ行ったの？」

見間違いだと思ったのか目を擦《こす》るパーティメンバーも、死体が次々消えていくことは受け入れざるを得なかったようだ。最後にウォーウルフも収納して、俺は道具箱をしまった。

道中で倒したフォレストウルフはブレイズさんたちの物だ。ギルドのルールに沿って、獲物の横取りはしない。

「お前は、一体何者だ……？」

普通なら、とても冒険者になったばかりの新人ができることではない。だが俺は、

「ただの新人ですよ」

あくまでもそう言い張った。

☆　☆　☆

セイルズ村での依頼を終えた二日後。俺たちは無事、アリスターへと帰り着いていた。

報告のためにギルドへ戻るも、今日はルーティさんは休みらしく、カウンターに姿がなかった。

代わりに、ブレイズさんの担当らしい若い受付嬢に報告する。

「依頼はどうでした？」

「ああ、俺たちが行って良かったぜ」

森にはフォレストウルフが百体以上いたこと、そしてウォーウルフがその群れを統括していたことを伝えると、受付嬢は驚いた顔をした。

「え、ウォーウルフと言えばBランクの魔物の中でも上の方じゃないですか⁉」

「そうなんですか？」

「そうですよ。大規模な破壊系のスキルや攻撃方法を持っていませんからBランクに分類されていますが、単体での戦闘能力ならAランクに分類されてもおかしくない魔物ですよ」

つまり本来、討伐にはAランクの冒険者が必要だった。ウォーウルフとフォレストウルフを単純に戦力で比較すると、およそ三段階ほどの開きがあるらしい。

「それにしても、よく倒せましたね」

「あ、ああ……みんなで協力しながら取り巻きのフォレストウルフを一体ずつ倒していって、仲間が減って怒っているところを後ろからズドン、と倒したわけだ。恐らく俺たちが倒したウォーウルフはそれほど強いわけじゃなかったんだろうな」

そういう設定にしておいた。六人が主だって戦い、俺はあくまでサポート役として立ち回った。それ以外の詳細は話さない。

「村長も確認している」

魔物が討伐されたことを依頼主が確認したことで討伐依頼は完了となる。

「ご苦労様でした。こちらが報酬になります」

金貨十枚。あれだけ命懸けの戦いをしたにしては少ないような気もするが、イレギュラーはあれど、依頼自体は正当なものだ。むしろこの金額も、騙《だま》しているという村長の罪悪感の表れかもしれない。

「次は、どうしますか？」

「しばらくは休ませてもらうことにするよ。ちょっと想像以上にウォーウルフとの戦闘がきつかったからね」

「そうですか。今は急ぎの依頼もないので、ゆっくり休んでください」

受付嬢に挨拶をして冒険者ギルドを後にする。

「さて、そろそろいいだろう」

冒険者ギルドから離れた所で、ブレイズさんが報酬の入った革袋を渡してくる。

「本当にいいんですか？」

「事前に話してあっただろ」

今回の報酬は全て俺が貰うことになっていた。

俺は何度も断ったのだが、俺が彼らの命を救う形になったこと、村への被害を未然に防げたことへの礼から、報酬は全て俺に渡すと言って譲らなかった。

「でも、素材の件だってあるんですよ」

道具箱にあるウォーウルフやフォレストウルフの素材。これだって、全て売れればそれなりの大金になる。さすがに一度に換金しようとすれば痛くもない腹を探られることにはなるだろうから、時期を見なければならないが。

「あの素材も全部俺の物でいい、なんて……」

「全部じゃないだろ。途中で倒した群れの分は俺たちの物だ」

ブレイズさんたちが倒した分は既にセイルズ村に卸《おろ》して換金してある。

「でも……」

「新人がそんなことを気にするな」

その程度の金なんて気にしていない、という風に笑うブレイズさん。

「それよりも、これから打ち上げをやるつもりなんだが、お前も参加しないか？」

親睦《しんぼく》を深めるためだろう。新人として、そして共に修羅場を潜《くぐ》り抜けた者として参加したいのは山々なのだが……。

「あの……今日は先にやらないといけないことがあるので、次の機会に参加させてもらいます」

「そうか。その時を楽しみにしているよ」

笑顔で手を振るブレイズさんたちと別れ、俺は足早に迷宮へと向かった。

☆　☆　☆

『うわぁ〜ん、待っていたよ〜』

迷宮の最下層へ【転移】で移動した瞬間、泣き縋《すが》るような声が聞こえてきた。

迷宮核の声だ。体は水晶なので、実際に縋ってくるようなことはないのだが、子供っぽい声で泣き真似をされるとなんだか落ち着かなくなる。

『もう、こんなに長いこと迷宮へ来てくれないなんて迷宮主失格だぞ』

迷宮主になった日を最後に俺は迷宮へ足を踏み入れていない。引っ越したり情報収集したり、冒険者として活動したりと忙しかったせいだ。それに迷宮核とは【迷宮同調】スキルで常に連絡を取り合っているから、久しぶりという気もしない。

「ちょっと聞きたいことがあるんだけどいいか？」

『何？』

「迷宮で『探し物に役立つ魔法道具』が手に入るっていう話を耳にしたんだけど分かるか？」

フォレストウルフを探している時にリシュアさんから聞いた情報。その魔法道具があれば情報屋に頼らなくても父を捜すことができる、かもしれない。

『……あるにはあるんだけど』

どうにも歯切れの悪い言い方をする迷宮核。

「何かあるのか？」

『具体的な数字を見せた方が早いかな』

薄い板が空中に現れる。触ろうとしても擦り抜けてしまう。その板に絵と文字が表示される。

『君が言っているのは、〝天の羅針盤〟だね』

リシュアさんの言う通り、それは羅針盤型の魔法道具だった。実際のそれは、持ち主が探したい物や人を強くイメージすれば、羅針盤が対象のいる方向を指し示すのだという。しかも、距離まで表示してくれる物であるらしい。

「なんだ。あるんじゃないか」

これなら父の行方もきっと捜せる。さっさと生成してしまおうとすると、迷宮核が言った。

『生成に必要な魔力の量を確認してごらん』

「……げっ、五百億⁉」

世の中、そこまで甘くはなかったらしい。

無駄を省いたおかげで迷宮は一日で約二〇万の魔力を稼げるようになっている。莫大《ばくだい》に聞こえるが、この状態で五百億の魔力を稼ぐためには、実に七百年近い歳月が必要になる。つまり、今の状態を維持したままでは、『天の羅針盤』を手に入れることは不可能だということだ。

『迷宮の魔力を稼ぐ方法は冒険者を呼び寄せることばかりじゃないよ』

迷宮核の話によれば、迷宮に魔力を秘めた道具や装備を与えることで、そのまま迷宮の魔力となるらしい。

「それでも、無理だ……」

一体、どんな物を捧げればいいのか想像も付かない。諦めるしかないのか……。

『あっ！』

落胆していた時、迷宮核が声を上げた。

「なんだよ」

『思い出した。可能性は低いけど、お目当ての魔法道具を手に入れられるかもしれないよ』

「本当か⁉」

『うん。七七階だよ。そこには、五つの部屋があってね。通り過ぎて次へ進むこともできるんだけど、その部屋にいる主を倒すと宝箱が出現して財宝が手に入るんだ』

「もしかして、その中に『天の羅針盤』が？」

『分からない』

「どういうことだよ」

『手に入れられる財宝は完全にランダムなんだ。しかも、迷宮主でも選ぶことができないようになっているんだよ』

「どうにかできないのかよ」

『無理だね』

七七階を造った時の迷宮主が設定したらしい。当時の迷宮主は、自分自身も楽しめるようにとエンターテインメント性を重視した階層を造りたかったらしく、自分でさえ苦戦するほど強力な魔物を仕込んだらしい。もちろん、その魔物を倒した時の財宝もだ。

はた迷惑な話だ。もしかしたら命の危険がある戦闘を行っても『天の羅針盤』が手に入らないかもしれないのだから。

「けど、可能性があるならやるしかないだろ」

俺は覚悟を決め、七七階へと転移した。

☆　☆　☆

――七七階。

壁や床だけでなく天井までもが真っ白に染め上げられた階層だ。全てが真っ白なため、自分がどこに立っているのか見失いそうになる。俺が転移したのは階層の入り口。床には、上の階から転移してくるための魔法陣と下の階へ転移するための魔法陣がある。隣り合った二つの魔法陣。先を急ぐ者なら探索をせずに次の階へと進むこともできる。

ただし、俺は七七階に用がある。

『ルールを説明しようか』

「ああ」

『そこからでも部屋は見えるね』

小石一つない真っ白な階層に、異物があるとすれば、それは黒い扉だ。正面と左右、斜め後ろの左右に一つずつ――合計五つある。

『部屋に入ると、戦闘が終わるまで扉は開けられなくなるし、僕の声も届かなくなるから気を付けてね。一つの部屋につき一体の魔物が出てくる。その魔物を見事倒せれば――』

「宝箱が出てくる」

『正解』

ルールとしては単純だ。懸念《けねん》があるとすれば、迷宮主のステータスですら苦戦するとされている魔物だ。初めて迷宮で魔物と戦った時以来の緊張感がある。

「どの部屋から入るか」

『どれでも一緒じゃない。最初の部屋で目当ての財宝が手に入るとは限らない。ともすれば、全ての部屋を巡ることになるかもしれない』

「それもそうだな」

どの部屋から入ったとしても一緒だ。正面の部屋から入ることにした。扉に手を掛ける。扉の先も、全面が真っ白な部屋だった。

「さて、何が出てくるのやら」

いつの間にか、恐怖や緊張ではない高揚感があった。しばし待っていると、真っ白な部屋の奥に黒い靄《もや》のような物が浮き出る。それらは一箇所に集まり、巨大な影へと形を変えた。

「これは、また……」

現れた部屋の主は、体高が三メートル以上ある、人の体に牛の頭を持った魔物——ミノタウロスだ。

「でも、ミノタウロスって黒かったかな？」

直接見たことはないが、母が読み聞かせてくれた英雄譚《えいゆうたん》に出てくるミノタウロスは茶色い皮膚をしていたはずだ。興奮すれば赤い皮膚になるらしいが、黒いミノタウロスは聞いたことがない。まあ、俺が知らないだけで、世界のどこかには存在しているんだろう。

侵入者の姿を見つけてミノタウロスが興奮状態になった。咆哮《ほうこう》すると、黒い肌に金色のラインが何本も走る。

「悠長に考察している場合じゃなかった！」

侵入者を排除するべく、ミノタウロスが持っていた巨大な斧《おの》を振りかぶりながら迫ってくる。即座に神剣を鞘から抜いて斧を受け止める。

「……っ⁉」

しかし、叩き付けられた衝撃に耐え切れず弾き飛ばされてしまう。どうにか体勢を整えながら着地し、神剣を構え直す。飛ばされている間にもドシドシ、という重たい足音は聞こえていた。

迫るミノタウロスを見据え、魔法を使った。

「【迷宮魔法：鑑定《アナライズ》】」

【鑑定】は迷宮にあるあらゆる物の詳細を確認する【迷宮魔法】だ。魔物の情報も正確に読み取ることができる。迷宮核からはそう聞いていたのだが……。

「情報が出ない……!?」

本来ならつまびらかになるはずのミノタウロスの情報が一切浮かんでこず、混乱しているうちにミノタウロスは目の前に来ていた。突進を両手で受け止め、今度は踏ん張って耐える。

「どうだ……がはっ」

だが、あまりの衝撃に、口から血を吐き出した。何度もできるような無茶ではない。

「なるほど、この部屋じゃ、【鑑定】もできないのか……！　だったら――」

両腕に全力を籠める。すると、押し合って拮抗していた状態から、徐々に押し返していく。そのまま全力で突き出すと、ミノタウロスが尻もちをついて転んだ。

「こっちも全力を出すまでだ。来いよ、ちょうどいい相手だ」

ミノタウロスは興奮し、鼻息荒く斧を振りかざした。刃の周囲に、バチバチと雷が爆《は》ぜる。

「それがお前の能力だな」

電撃を纏った斧が振られる。

「今度は間違わない」

直撃すれば切断されるであろう斧を恐れず、ミノタウロスの懐へと飛び込む。ミノタウロスの巨躯が相手では、首を攻撃するにはもう一つ高さが足りない。だが、

「せいっ!!」

俺の目的は斧を持つ腕だ。手首を掴み、ウォーウルフにした時の要領で捻って転ばせる。

『ブモウゥゥ……！』

後ろから電撃が迫ってくる。先ほど斧から放たれたものだ。俺は前へ跳んで電撃を避けながら、転んでいるミノタウロスの首へ神剣を突き入れた。

ミノタウロスの断末魔が響く。手には、硬い物を斬った感触が残った。太い木さえ手応えなく両断する神剣ですら、刃に抵抗のあるミノタウロス。間違いなく強敵だった。

「ふぅ」

思わず息を吐く。しばらく放心していると、転がってきた首が足に当たる。無事に倒せて良かった。

――バチッバチッ！

「……ん？」

何かが爆ぜる音に振り返る。すると、その場に残ったミノタウロスの体から眩《まばゆ》い光と共に電撃が放たれていた。

「マズ……!!」

慌てて伏せながら【土壁】を発動した。

直後、ミノタウロスの死体があった場所で爆発が起こった。とんでもない衝撃に、土壁が揺れる。

「死んだ後で自爆とか、勘弁してほしいよ……」

恐らく、ミノタウロスは体内の魔力を電撃に変換するのだろう。俺への攻撃に使おうと溜めていたが、放出する前に主が死んでしまい、行き場を失って暴発したのだ。

「……それよりも、宝箱は!?」

本来の目的はミノタウロスではなく財宝だ。まさか今の爆発で失われたんじゃ……。

だが、その心配は杞憂《きゆう》であった。ミノタウロスが爆発した中心地に、新品同様の宝箱があったのだ。俺は安堵に胸を撫《な》で下ろし、喜び勇んで箱に近付いた。さすがに、討伐の景品として得られた宝箱に罠や鍵の類はないようだ。

開けてみると、中には片方だけの金属の籠手《こて》が入っていた。右手に着ける物だ。肘まで覆う籠手は、全体に精巧な装飾がされていた。

『どうやら無事にデストロイ・ミノタウロスを倒せたみたいだね。おめでとう』

「デストロイ・ミノタウロス？」

『君が倒した魔物の名前だよ』

それがあの黒いミノタウロスの正式な名称らしい。おっかない名前だ。

「それよりも、この籠手がどういう物なのか分かるか？」

『自分で【鑑定】してみればいいんじゃない？　部屋さえ出れば使えるよ』

言われるまま、部屋を出て【鑑定】を発動。この籠手は『天嵐《てんらん》の籠手』と呼ばれ、電撃と突風を放つ能力があった。組み合わせれば、人為的に嵐を生み出すことができる。

使いこなせれば強力な武器になることは間違いないのだが……今の俺には不要な物だ。何せ、迷宮主のスキルがあれば似たようなことができてしまうから、特別な攻撃手段に頼る必要がないのだ。

捨てるのは惜しいので、道具箱にしまっておく。

「にしても敵が強すぎないか」

いくら楽しめるようにとはいっても、限度があるだろう。俺だから勝てたものの、普通の冒険者ならAランクだろうと瞬殺されていたかもしれない。

『仕方ないよ。この階層は迷宮主が楽しめるよう造られたものだ。それに、魔物の強さはちゃんと侵入者に合わせて調整されるんだ。普通の冒険者なら、その人にとって苦戦する程度になるだろうね』

「つまり俺が強すぎたのが原因ってことか」

『そういうこと』

道具箱からポーションを取り出して呷《あお》ると、体に負っていた傷は完治した。

「よし、次に行くぞ」

☆　☆　☆

二つめの部屋に現れたのは漆黒の騎士甲冑《かっちゅう》だった。中身のない鎧は疲労も痛みも知らず、なかなか隙を見せなかったが、剣戟《けんげき》の末に、俺の魔力で斬れ味を増した神剣の全力の攻撃で両断され沈んだ。

「いい訓練になったよ、ありがとう」

上半身だけの甲冑を踏み付け、魔法の雷撃でトドメを刺した。すぐに甲冑は霞《かすみ》のように消える。

「今度こそ当たりでありますように……」

しかし、残念ながら中身はポーションであった。もちろんただのポーションではなく、一口飲めば万病も致命傷さえも治癒する、破格の効果を持ったポーションだった。何かに役立つかもしれない。俺は瓶を割ってしまわぬよう、静かに道具箱にしまった。

☆　☆　☆

三つめの部屋は、オリハルコン・ゴーレムが相手だ。ゴーレムとは、鉱物で構成される、円柱のような体に手と足が付いた魔物で、人のように動き、頑丈であるため迷宮では門番のような扱いを受けている……らしい。構成する鉱物で頑丈さが変わるが、目の前のゴーレムは鈍く輝く金色をしている。ただし、これは純金の輝きではない。さらに硬度の高い、オリハルコンと呼ばれる金属の輝きだ。デストロイ・ミノタウロス以上の重量を感じさせる足音と共に、真っ直ぐに侵入者へ向かってくるゴーレム。

「来い！」

ゴーレムの突進を受け止めるが、重量に負けて膝を突かされてしまった。

「わっ⁉」

ゴーレムが腕を振り下ろしてくる。緩慢《かんまん》な動作で回避は容易だ。ミノタウロス同様、懐へ潜り込んで転ばせてやろうと腕を取った。

だが――、

「――重っ⁉」

ミノタウロスの時とは違ってビクともしない。ゴーレムが攻撃を続行すべく手を振る。俺は両手から風の弾丸を放って攻撃を逸《そ》らし、股下を潜り抜けて後ろへ回り込んだ。

硬く重いが、動きが遅いことに付け入る隙がある。

部屋の端へ退避し、俺は周囲に火・水・風・土の魔法球をいくつも生み出した。

「どの属性が有効か分からないからな。手当たり次第に行くぞ！」

全ての球体がゴーレムへ向かって同時に飛んでいく。ゴーレムの体で爆発が起こり、水が侵食して貫き、風は深く斬り裂き、土が当たって硬い体表をひび割れさせた。だが、それでも耐えながら前進してくる。

「なら、追加だ――【加重《ウェイト》】」

一歩踏み出したゴーレムの周囲が闇に覆われる。ゴーレムの動きはさらに鈍重なものとなった。

物体の重さを増加させる魔法で、対象が重ければさらにその効果を増すのだ。特にゴーレムには効果抜群のようだ。動きが止まったところへ、さらに魔法を連続で叩き込んでいく。右腕が落ち、左足の前半分が削られた。

「それでも止まらないか」

腕を伸ばせば俺を殴れる距離まで肉薄してくる。

「悪いが、お前の歩みもここまでだ」

拳を握ると同時に、魔法を発動させる。握った拳に炎が宿った。

「【爆裂拳《バーストナックル》】!!」

炎を纏った拳でゴーレムの胸を殴ると、激しい爆発が起こった。衝撃がゴーレムの全身に波及し、一瞬遅れて全身を粉々に砕いた。

塵《ちり》と化すゴーレムを見て、俺は膝を突いた。

吐き気がする。何十発も強力な魔法を撃ったせいで、魔力を消耗したのだ。

道具箱からマジックポーションを取り出し、魔力を回復させる。

「さて、お宝は何かな？」

宝箱の中に入っていたのは、手のひらに収まる程度の大きさの紫色の水晶。今回も羅針盤ではなく落胆したが、迷宮核が価値を教えてくれる。

『それは〝死魂《しこん》の宝珠〟という魔法道具で、死者の残留魔力を吸収して、生前の人格を擬似的に再現できる物だよ。幻に過ぎなくても、記憶は本物だから、死者しか知り得ない情報を得ることだってできる』

見ていると吸い込まれそうになるような、不思議な魅力を秘めた水晶だ。だが、今の俺が望む物じゃない。俺が会話したいのは死者ではなく、生きている父なのだ。

☆　☆　☆

「次で四部屋めだな」

デストロイ・ミノタウロス、キリング・リビングアーマー、オリハルコン・ゴーレムと三体の魔物を倒したが、目当ての財宝を手に入れることはできなかった。

だが、諦めない。

四つめの部屋の主は、漆黒のローブで体を隠し、両手で銀色に輝く巨大な鎌を持つ、死神と呼ぶべき姿をした魔物。宙に浮かびながら、ゆらゆら揺れている。かなり不気味だ。

「迷宮には本当に色々な魔物がいるな」

死神が右手を掲げる。すると、死神の手から闇の如き漆黒が部屋全体へと広がっていく。同時に、死神自身も闇と同化し、姿を見失った。当然、部屋の中にいる俺も一緒に闇に呑まれる。

「……っ!?」

瞬間、体が重くなり立っていられなくなる。思わず片膝を突いてしまうものの、這いつくばらないよう必死で耐える。俺がゴーレムに掛けた【加重】の魔法の効果そのものだ。だが、どうやらそれだけではないらしい。死神を捜して叩きのめそうという闘志が、失われているのだ。さらには徐々に体力も奪われているらしく、立ち上がるのが難しかった。さっさと勝負を決めなければ泥沼だ。

「——感覚は、必要ない」

どうせ闇で何も見えない。目を閉じて意識を研ぎ澄ませる。音も必要ない。相手は宙に浮いた存在。足音など立てない。ただ、神経を研ぎ澄まして剣を振るう。

——キィン!

「当たった」

金属の打ち合う感覚。わずかな抵抗と共に、死神の鎌を切断できた。そのまま剣を振り下ろす。何か斬った感覚はなかったが、感じていた嫌な気配は消えていた。闇も晴れる。

「ふぅ」

全力での戦闘は想像以上に疲れる。四度めの溜息を吐き、部屋の状態を確認する。死神の姿は見えない。どうやら倒せたらしい。

さっき斬った場所に、宝箱が落ちている。

「今度こそ『天の羅針盤』でありますように」

願いを籠めながら宝箱を開ける。

「なんだこれ？」

宝箱の中に入っていたのは、ワイヤーの先端に蒼《あお》く輝く透き通った宝石の付いたアクセサリーだった。なんらかの魔法効果があるのかもしれないが、部屋の中にいる状態では分からない。

部屋を出ると、頭の中に歓喜の声が響いた。

『やったよ！　ヘル・グリムリーパーを倒したんだね！　それに、これがあれば探し物が見つかるよ！』

「本当か!?」

ところが、このアクセサリーも俺が欲している物とは違ったようだ。

『これは〝ダウジング・ペンデュラム〟。魔力を流せば、探し物のある方向を指し示すアイテムだよ』

距離が分からないので、『天の羅針盤』ほどの価値はないらしい。だが、俺の目的には一歩近付いた効果を持っていた。

『このアイテムは使用に必要な魔力が膨大でね。迷宮主である君でさえ、一時間も使えば魔力切れを起こすだろう』

「問題ない。俺にはマジックポーションがある」

そう言って、消耗した魔力を回復させるべく、道具箱からマジックポーションを取り出した。良薬口に苦しとは言うが、何度飲んでもこの独特のまずさには慣れない。戦闘時のように緊張しているならまだしも、今のように弛緩《しかん》している時は余計に味を感じてしまう。

それに、魔力の篭もった物とはいえ薬の一種だ。あまり飲みすぎれば効果が薄れる。程々に頼るべきだろう。

とにかく準備は完了した。俺は喜び勇んで、ダンジョンの外を目指して転移した。

☆　☆　☆

「すっかり暗くなっているな」

いつの間にか日が沈んで、月明かりだけが頼りになっていた。

『ダウジング・ペンデュラム』を取り出し、父の姿を頭に思い描く。そして、反応するまで多量の魔力を流し込むと、ペンデュラムが動いてある一方向を指し示して止まった。

「あっちか！」

指し示されたのは、アリスターの街がある方向だ。夜の中、ペンデュラムをこまめに使いながら駆ける。方角だけ確認したら、また駆ける。

すぐにアリスターへ着くも、街には入らずに門の前でダウジングを行った。すると、さらに南東を指した。その方向には、デイトン村がある。

「これじゃ振り出しじゃないか」

一応こまめに確認しながら駆けると、本当に村へ着いてしまった。村のさらに向こう側を指すペンデュラムだが、その先には人里などない。ここは、辺境の最果てなのだから。

一応村を抜けてしばらく行った所でペンデュラムを使うと、今度は逆方向を示した。行きすぎてしまったようだ。

細かく刻みながら使用していくと、ようやくペンデュラムが垂直方向を指すようになった。

「………ここ、か」

下を指すペンデュラム。その意味を、予想してなかったわけではない。

そこは、村の近くにある大きな木の根元。昼間なら子供たちの遊ぶ声で騒がしくなっており、夏の暑い日には木の影で涼むために集まる、村人たちの憩いの場として知られる場所だった。

今は夜だ。当然誰もいない。なのに、地面を指したままペンデュラムは動かない。

もう、父がどういう状態なのかはっきりと理解した。

「……いいや、とっくに分かっていたはずだ」

家族を置いていなくなるような人ではない。何かしらの事件に巻き込まれた可能性は考えていた。父ほどの人物が、その辺の暴漢に遅れを取るはずがない。けれど、こう何日も姿を見せないのであれば、答えは決まったようなものであった。

必死で信じていなければ、押し潰されてしまいそうだった。

「けど、もう逃げるわけにはいかないよな……」

道具箱からスコップを取り出し、慎重に掘り進めた。二〇分ほど掘っただろうか。穴の下から、半ば予想していた物が顔を出した。

「……あった」

腐敗した人間の頭部。顔だけでは誰か分からないが、さらに周囲を掘ると、服を着ているのが分かった。

それは、父が行方不明になった日の朝に、着ていた物と同じだった。

極めつけは、左手の薬指だ。母との結婚指輪だ。父は、自分が着飾ることはせずとも、田舎へ来る前に母と分かち合った結婚指輪だけは、肌身離さず身に着けていた。

それ以上体が崩れないよう、慎重に指輪を外す。指輪の内側には父と母の名前が彫られていた。

これで決定的な事実になった。

「父さん……死んでいたんだ」

行方不明になってから半月。全く行方が分からないのも頷ける話だ。父は村から出たすぐ近くの場所で埋められていたのだから。

「ごめん。気づいてあげられなくて」

ここからでも家は少しだけだが見える。すぐ近くにいた、というのに気づくことができなかった。

『で、どうするの?』

迷宮核が尋ねてくる。

「決まっている。犯人を捜す」

父の無念を晴らさなければならない。そのためにも、父がいなくなった日に何があったのか知る必要がある。

「まずは調査からだ」

目撃者は皆無だが、誰かが嘘を吐いている可能性がある。俺が決意を固めていると、迷宮核が言った。

『その必要はないよ』

「何……？」

『何があったのか、事実を知るだけなら被害者本人に聞けばいい』

「本人って……」

既に遺体となった父から聞き出すなど不可能だ。

『それがそうでもないよ』

「どういうことだ？」

『どうやら〝天の羅針盤〟を手に入れることに夢中になりすぎていたせいで、他の魔法道具についてすっかり忘れているみたいだね』

言われて思い出す。『死魂の宝珠』という、死者の念と会話をする魔法道具を手に入れていたんだった。まさか早々に使用することになるとは思わなかった。

「使い方は？」

『遺体の上に置くだけでいい』

父の遺体を完全に掘り出し、地面の上に寝かせる。

「置くぞ」

死魂の宝珠を遺体の中心にゆっくりと置く。

「……何も起きないぞ」

『静かに』

しばらくすると遺体の全身から光の粒が浮かび上がり、中心にある宝珠へと吸い込まれていく。父の魔力を、宝珠が集めているようだ。全て吸収し終えた宝珠は宙に浮かび、光が溢れた。溢れ出した光が人の形を作る。やがておぼろげな輪郭に凹凸が生まれ、簡素な鎧を纏った中年の男に変わった。今見ても本当に粗末な鎧だ。アリスターなら騎士どころか、下っ端の兵士の物よりも安物だろう。この鎧で魔物と戦っていたのだから、父には感服する。

「ははっ」

思わず笑いがこみ上げてくる。生前の父そのものの姿になった光が浮いていた。

『う……』

寝起きのようにゆっくりと瞼《まぶた》が開けられる。

「久しぶりだな、父さん」

『マルス？　どうやら家じゃないみたいだが、一体、どうなっているんだ？』

父は困惑しているらしい。目を覚ましたら家ではなく、夜の屋外《おくがい》なのだから無理もない。父が本物でないことは理解しているので、単刀直入に聞くことにした。

「最期の記憶を覚えている？」

『最期――そうだ』

どうやら記憶はきちんとあるらしい。そして、鮮明に思い出したことで自覚したようだ。父の表情が歪む。

『俺は、死んだんだな』

悲しみの籠もった声で、そう確認してきた。

「そうだ」

嘘は言えなかった。

『俺が死んだことについては理解した。けど、この状況は一体なんなんだ？　死を認められなかった俺はゴーストにでもなったのか？』

「それについては今から説明する」

特殊な魔法道具によって蘇《よみがえ》ったことを伝えると、父は複雑な表情になった。間違いなく本人である自覚がありながら、明確に本人ではない。受け入れ難いだろうが、事実として納得せざるを得ないようだった。

『一つ確認させてくれ。どうやって、そんな代物を手に入れた？』

「父さんが死んでから色々とあったんだ。まずは、ここまでで何があったのかを説明するよ」

俺は迷宮主になった経緯と、宝珠を手に入れるまでの戦いについても話した。すると父は、頭を抱えてしまった。

『そうか。迷惑を掛けたようですまなかった』

申し訳なさそうな声色《こわいろ》で謝ってくる。俺は首を横に振った。

「色々あったけど、結果的には良かったと思ってるよ。今じゃ、ウォーウルフだって倒せるようになったんだ」

『ほう、それは凄いな』

父が感心し、生前俺を褒めてくれた時と同じ表情で、宝珠の作った父の幻影が笑った。以前のままの強さなら、何を馬鹿なと一蹴されていたかもしれない。こうして迷宮で得た成果を見せることで、納得させられたようだ。

「だから生きている父さんに、今の姿を見せたかった」

俺が伝説を残した冒険者や、華々しい騎士ではなく、田舎の村の兵士を目指したのだって、村を守るために尽くす父の姿に憧れたからだ。少しずつ成長する度に嬉しそうにしてくれる父の顔が好きだった。いつかは父が誇りに思うような力を手に入れたかった。

今なら、その想いを叶えることができる。けど、肝心の父はもういない。

「それに母さんやクリスだって、父さんが帰ってくるのを待っているんだ」

それが、もう叶わない願いであることは承知している。それでも想いが言葉と共に溢れてくるのを抑えられない。

『残念だが、無理なんだろうな。なんとなくだけど分かる。今の俺は、お前の父だったクライスの残り滓《かす》みたいな存在で、こうして存在していられる時間も限られている』

残り時間がどれだけあるのか分からない。肝心な用件は済ませなければならない。

『最期の記憶について知りたいんだったな。俺はあの日、殺されたんだ。村長のデニスに……』

ああ、やっぱりか、と俺は思った。

『予想していたみたいだな』

父の幻に頷きを返す。村長の動きは早すぎた。いくら切羽詰《せっぱつ》まった状況だったとはいえ、父が持ち逃げしたと確証を得たわけでもないのに、俺に補償させる話を進めていたこと。十日という期日を設定しながら、それよりも早く俺の家族を売ろうとしていたこと。まるで、被疑者である父は反論することもできず、二度と戻らないと確信しているかのような決断と行動だった。

　だから俺は、薄々村長が噛んでいると予想していたのだ。だが、どうやらそれで話が終わりではないらしい。

『相談役のランドに兵士のヴェズンも共犯だ』

「うわ、三馬鹿全員かよ」

　三馬鹿は、俺の世代が村長とその取り巻きに付けたあだ名だ。村長の祖父の世代がアリスターを離れ、辺境に開拓したのがデイトン村だ。彼らは立派だった。次の世代も豊かに暮らせるよう、様々な物を遺《のこ》していたのだから。ところが次の世代は、自分たちも苦労した経験を子にさせたくはなかったらしく、少々……いや、かなり甘やかして育てたのだという。そのおかげで、現村長のような権力を笠に威張り散らすだけの無能が生まれてしまった。相談役であるランドも同様に、まともな仕事などできやしない。

　ヴェズンは輪を掛けて酷い。村長たちの幼馴染で、腕っぷしだけが自慢の男だ。当然兵士の指揮などできず、村長の強引な采配で兵士長になりかけた時は、部下の兵士たちが猛反発して、最終的に俺の父がその座に就いた。それを根に持って何かと突っかかっていたのを誰もが知っているので、今回の犯行に加わる動機としては十分だろう。

『あの三人は以前から街へ出ては派手に遊び惚《ほう》けていた。親の遺産は早々に食い潰し、今度は村の金に手を出していたようだ』

　父の話によると、以前から金の出どころに関して不審に思っていた父は、最近になって調査を始めた。すると案の定、帳簿の支出が不正に書き換えられ、村長たちの遊ぶ金になっていたようだ。

早急に解決しなければならないが、事が大きくなりすぎるのも問題だと考えた父は、失踪日の夜、内密に村長たちを呼び出し話をした。

『奴らは反省した態度を見せ、必ず全額返済すると約束した。だが、わずかでも信じた俺が甘かったんだ』

背中を見せた父の頭を、ヴェズンが殴った。ぼんやりした意識の中、体を動かすこともできないまま、父は村長たちの話だけを聞いていた。

――おい、どうする？

――バレたものは仕方ない。隠すしかないだろう。

――そうだな。

父の体は密《ひそ》かに村の外へ運ばれ、生きたまま穴の中へ埋められた。冷たい土が被さる感覚を味わいながら意識を失った父は、次に目を覚ました時には、こうして宝珠の幻になっていた、ということだった。

幻の父の語り口は冷静だった。だが、俺の心は怒りで煮えくり返っていた。

二〇年近く村を守り続け、人々から慕われた父。その最期としては、あんまりだった。

『それで、お前はこれからどうする？』

父の行方は知れた。犯人も知ることができた。なら、やるべきことは一つだけだ。

「報復させてもらう」

『そうか』

「……父さんなら復讐なんて反対するかもしれないって思ってた」

『殺されたことを復讐するつもりはない。全ては俺の浅はかな考えが招いた過ちだからな。だが、家族に手を出したことは決して許せない。お前が代わりに果たしてくれるのなら、俺は応援するだけだ』

「父さん……」

今、真実を知るのは俺だけだ。どうやって地獄を見せてやろうかと考えていると、父が「ただし」と付け加えた。

『ただ殺して終わりにするのだけはやめろ。自らの罪を認めさせ、悔い改めさせるんだ。そのために多少痛い目を見せるのくらいは構わないがな』

今のステータスなら指一本でヴェズンすら叩きのめせるだろうが、それだけでは無意味な報復行為でしかないと父は言いたいのだろう。俺が満足するだけでは駄目なのだ。

『今の俺の証言では証拠にならないだろうが、どうするつもりだ？』

「まだ考えられてない。でも、なんとかしてみるよ」

漠然とした言葉だったが、父は俺の決意に満足してくれたようだった。

『やりたいようにやれ。俺はこうなってしまったが、今でもお前たちが幸せになれることだけを祈っているよ』

自由にやれ、と言われ、父に一人前だと認められたような気がした。

「父さんは、何かやり残したことはないか？」

『やり残したこと、か……。家族に別れを言えなかったことが心残りだな』

二度と叶わない願いだと思っているのか、父はどこか遠い目をしていた。だが、それを叶えることは不可能ではない。宝珠を回収すると、父の幻は消えた。

『お、おい、何をするつもりだ？』

幻は消えるが、声はまだ聞こえる。集めた魔力が消えるまでは存在も消えないのだろう。だからしばらく持ち運ぶことも可能だ。

「今すぐは難しいけれど、いずれ必ず、別れを言うための時間を作るから」

そう言って、宝珠を道具箱へ収納した。中は時間が停止している。魔法道具に籠められた魔力も、消費されないのだ。たとえ残り時間が数分しかないとしても、望みは叶えられるはずだ。

願わくば、村長たちが地獄に落ちる瞬間も、見せてやりたいと思う。

☆　☆　☆

真相を知った俺は、翌朝まではアリスターの宿屋に戻っていた。

村長たちを告発したところで無意味だ。状況は良くならないだろうし、何より俺の気が晴れない。

一応、計画は練っているが、今考えていることを実行するためには足りないものが色々とある。

一番は、時間だ。

「ここで提案したいことがあります」

朝食を終えた食堂で唐突に宣言した俺に、母と妹、兄の視線が集まる。他に客はいないので、少しばかり声を張っても迷惑にはならない。

「マイホームを手に入れたいと思います」

「え、この街で、家？　結構難しいぞ」

兄が目を見開いて驚き、苦笑した。デイトン村のような田舎ならば土地も余っており、比較的安く住居が手に入る。だが、アリスターのような都会では、土地代だけで何倍、あるいは何十倍もするだろう。

相場も知っている兄の発言はもっともだが、金は全く問題にならない。

母とクリスも同じように考えているようなので、分かりやすく見せてあげることにしよう。

【道具箱】を発動し、空間から取り出した木箱から、大量の金貨を出してテーブルの上に積み上げた。

「わぁ～！」

その数、百枚。大金など見たことがないクリスは、初めて見る光景に目を輝かせていた。もちろん、もっと多くの金貨を出すことだって可能だが、今回は分かりやすくキリのいい数字にしている。

俺が迷宮主になり、『凄いことができる』と漠然と理解していただけの兄も「こんなに持っていたのか⁉」と困惑していた。具体的にどれだけ凄いことができるのかは全部伝えていないので仕方ない。

さて、こんな俺が、金の問題で家の購入を躊躇《ちゅうちょ》する必要があるだろうか？

「どうやって、こんな大量の金貨を用意したんだ？」

「大丈夫です。汚い方法で稼いだようなお金ではないですから」

駆け出し冒険者の中には迷宮で倒れた者から金品を剥ぎ取って生活をしている者もいる。あまり褒められた行動ではないが、彼らの生活を考えて領主の判断で罪には問われないようにされている。

一方で俺は、迷宮に挑み、死んだ冒険者の装備を回収させてもらっているのは似ているが、それらは他の冒険者に財宝として還元したりもする。時にはこうして使わせてもらうこともあるが、それは迷宮主としての特権というやつだ。

「俺だけに許された方法です」

これだけで兄には伝わっただろう。金に関しては心配しないよう、母たちにも伝えたが、迷宮主であることは秘密にしておく。クリスはただ金貨の輝きに目を奪われているだけだが、母は何か察するところがあったのか、頷くだけだった。

「でも、どうして今さら家なのかしら？　これだけお金があるなら……」

「いつまでも宿屋住まいというのも落ち着きませんから」

宿泊代はともかく、宿の方で生活の一切を面倒見てくれるのがいつまでも続く、というのが良くない。自分たちでできることがないので、今まで家事のほぼ全てを担っていた母が退屈そうにしているのが分かっていた。母を慮《おもんばか》った行動なのだが、気を使わせないよう伏せる。

「それも、そうね」

ただ、一つだけ問題がある。

「……不動産屋はどこでしょう？」

兄を見ながら尋ねる。

アリスターへ来てから半月以上が経過しているが、その間、冒険者として依頼を受けて街の外へ出ている時間の方が多い上、街自体も広大なため地理を把握し切れておらず、おまけにまだ必要なのは先だと思っていたため不動産屋の場所を調べもしていなかった。

騎士として街を巡回している兄なら店にも詳しい。

「分かった。不動産屋へ行こう」

兄の案内に従って不動産屋へと向かうことにした。

☆　☆　☆

「いらっしゃいませ」

案内された不動産屋の主人は、黒縁の眼鏡を掛けたキリッとした男性だ。恰幅《かっぷく》のいい体を、上質な服で覆っている。商人として成功している証《あかし》だろう。臙脂《えんじ》色のジャケットは、襲われた時に備えているのか、防御系の魔法効果が付与されている。

……あれ、いつの間にか見ただけで魔法効果が判断できるようになっているな。

『迷宮主として必要な技能だからね。【迷宮魔法：鑑定】を使用すれば、もっと詳しい情報を得られるけど、迷宮外であっても見ただけでもある程度のことは分かるようにしておいたよ』

なるほど。

迷宮核が教えてくれるように、物の良し悪しを判断する技能は迷宮を運営していく上で必要な技能だ。それに一流の冒険者なら、見ただけで相手の装備の質を判断することができると聞いた。挑む者にしろ、挑まれる者にしろ、見極める目は必要、ということだ。

「お部屋をお探しでしょうか？」

「いえ、家を探しています」

まずいことを言ったわけではないのだが、俺の言葉で店主は表情を曇らせた。

「失礼ですが、お仕事は何をされていますか?」

「冒険者ですよ」

冒険者カードを見せる。ランクは先日のランクアップから変動していない。すると店主は、やや冷淡な態度で応じてきた。

「残念ですが、低ランク冒険者の方の稼ぎでは、当店で扱う物件を購入するのは難しいです。賃貸の方がよろしいかと」

なるほど。資金不足を疑っていたわけか。

「問題ありませんよ」

金貨の詰まった革袋を取り出して見せた。

「これは……」

革袋の内側を覗いた不動産屋が慄《おのの》いた。中には金貨が百枚詰まっている。こういう時、分かりやすく提示できる物があれば話が早い。

「これはごく一部ですが、足りますか?」

「ええ、ええ! もちろん足りますとも!」

直前とは打って変わって満面の笑顔を浮かべる不動産屋。やはり、金の力は偉大だ。

「ちなみに失礼ですが……こちらのお金、どういった方法で手に入れられたものでしょうか?」

犯罪行為で金を手にした者に売るわけにはいかないのだろう。直球の探りを入れてきた。言い訳と対策は用意してある。

「迷宮で手に入れた正当なお金ですよ。ただ、俺みたいな低ランクの冒険者の身の丈に合っていない金額ですので、トラブルを避けるためにも、他言無用でお願いします」

「そういうことであれば、もちろんです。お客様の個人情報は他言いたしませんので」

彼のようにちゃんとした商人は信頼できる。多少の上乗せがあったとしても、望まぬトラブルを回避できるのであれば、素知らぬ顔で払ってもいい。

「それで、どのような条件で探しておられますか？」

「家族四人が過ごせる大きな屋敷を。あと、広い庭もあると嬉しい」

「庭のある大きな屋敷ですか」

嬉しい、とは言ったが、庭は外せない条件ではある。

「他に条件はありますか？」

「そうですね……場所は、都市の東側でお願いします」

「若いお嬢さんもいらっしゃることですし、治安を気にされておられるのですね」

アリスターの西側は人の出入りが激しい。そのため、都市の住人だけでなく、荒っぽい冒険者も相手にするような飲食店が多い。年若い妹がいるのに、そんな場所に定住したくない。

「東側、ですか……」

西とは逆に、東側は富裕層も多く、治安が良くて上品な地域だ。だが、俺たちのように素性《すじょう》が明らかでない者に紹介したくないのだろうか、店主が再び顔を曇らせた。

「安心してほしい」

察した兄がステータスカードを見せる。

「き、騎士様でしたか……！」

「そうだ」

領主から、人格と実力を担保された騎士の身分は、ここアリスターにおいては絶大な効力を発揮する。騎士が一緒に住む家となれば、いよいよ治安の悪い地域など勧められはしない。

店主はまたも態度を翻して、慌てて分厚い資料を開き物件を探し始めた。非番で私服を着ていたから、まさか兄が騎士だとは思わなかったのだろう。

「そ、そういうことでしたら、いくつかご紹介したい物件がございます」

☆　☆　☆

「いかがでしたか？」

四軒ほど内覧したが、どれもパッとしなかった。何より、条件として挙げていた庭がない。こんな都市で、貴族でもないのに庭のある土地を欲しがったのは些《いささ》か贅沢《ぜいたく》だっただろうか。

ついでに言えば四人で住むにしても、どうせならもっと大きなサイズの家がいい。案内されたのはどれも普通といった感じの物件だった。

次の物件へ向かう道すがら、たまたま前を通りかかった屋敷が気になり、立ち止まる。門は閉まっているが、庭もあり、外観も大きくて立派な屋敷である。

「ここみたいな感じでもいいですよ」

邸宅の白い石壁が美しい。庭をぐるりと囲う壁と鉄柵も立派だ。正面の鉄門からは植樹された舗装路が見えるが、外から鍵が掛けられていた。どうやら誰も住んでいないようだ。

「この屋敷は……」

店主は何やら言い淀む。怪しい。

「ああ、有名な『呪いの屋敷』だな」

「呪いの屋敷？」

代わりに答えてくれたのは兄だった。不穏な名称に、少し身構えてしまう。

「百年以上も前の話だけど、余所《よそ》で成功した商会がアリスターで拠点を構えた時に屋敷を建てたんだ。ここは交易の上で、辺境の特産品を手に入れるのに便利だからね」

兄の言葉を、不動産屋が引き継いでくれた。

派遣されてきた拠点の責任者は、屋敷に住まい、初めのうちは順調に商《あきな》いを行っているように見えたらしい。彼自身が優秀であったことと、当時のアリスターの商人たちも販路を広げられることから友好関係を築くのにそう時間は掛からなかったという。

ところが、次第に事業に暗雲が立ち込める。辺境は文字通り、中央とはかけ離れた土地で、珍しい食材や稀少な魔物の素材は多く手に入れど、輸出するには問題があった。それは中央の常識が、ほとんど通用しなかったということだ。

責任者の男は、中央付近の基準で護衛を雇っていたのだが、辺境の魔物の強力さまではよく理解していなかったらしい。

結果として護衛は壊滅、大量の商品も失い、多大な損害を被ってしまった。それが運の尽きだったのか、商会の事業も傾き、男は支援もないまま損害の補填に奔走することになる。

ようやく返し終えた時、男は不幸にも病で倒れたらしい。

「夢破れた男の無念は、今もあの屋敷に根付いているといいます。成功者だけが買えるあの豪邸には、住む者に害をなす呪いが渦巻いているのです」

最初の購入者は同じような事業の失敗、次の購入者は病死、三人めは事故死しているのだという。

警告なのか脅しなのか、不動産屋は最後に「今では内覧のために屋敷に立ち入った人すら、呪いの被害を受けるのです」と付け加えた。どうやら彼の店が保有しているようだが、そんなこともあって売るに売れず、手に余っているらしい。

「本当に困った物件ですよ」

だが、そんな逸話があるのなら値段も期待できる。

「そうですね……この屋敷でよろしい、と仰るのなら、金貨百枚でよろしいですよ」

屋敷の規模を考えれば異様に安い。思わず「本当にいいんですか?」と確認したくなったほどだ。

それだけ、手放したくて必死なのだろう。

「ちょっと見てみましょうか」

俺の提案に、母たちがギョッとした。

「マルス、本当に大丈夫?」

「そうですよ。これまでには見学した人にも呪いがあったらしいじゃないですか」

兄は呪いそのものは恐怖していないようだったが、母とクリスは違うようだ。

「大丈夫ですよ。商人の亡霊が出てきたとしても俺がどうにかしますす」

微笑みながら言うと二人とも付いてきてくれた。

☆　☆　☆

中は外観通りの広くて立派な造りだった。四人で暮らすには大きいかもしれないが、とにかく広いし、庭もあるのはありがたい。一階は広いリビングに機能的なキッチン、お風呂やトイレといった設備もしっかり整っている。応接室も二部屋あり、最初の購入者である商人が、ここで商談をまとめていたであろうことは想像に難くない。

クリスはリビングが気に入ったらしく走り回っており、母は火を熾《おこ》す魔法道具が完備されたキッチンに興味津々だ。だが、設備的にどう考えても百年前の建物だとは思えない。

「こちらとしても売却するために色々と手を加えております。定期的な改修や補修で、当時と内装はだいぶ変わっておりますね」

「それはありがたい」

二階は個室が八部屋もあった。どうやら、従業員の宿舎でもあったらしい。大部屋もあり、古めかしい本棚が壁一面に並べられていた。どうやら、商人の私室兼書斎であったようだ。

「いいですね。気に入りました」

「おおっ、では！」

「はい、購入したいと思います」

特に問題もない。希望していた以上に好条件な物件に、俺は即決した。

「ただ……契約を結んだ後は、どうあっても返金などは受け付けません」

「……大丈夫じゃないですか？」

念押しするような確認の言葉に、俺は惚《とぼ》けてみせた。

――意識は、ある部屋へ向けているが。

「母さん、クリス、キッチンの使い方を見ておいた方がいいんじゃないですか」

「ええ、アレなら腕によりをかけて、美味《おい》しい料理を作ってあげられるわ」

「わたしも手伝いたいです！」

「すみません。そういうわけで、二人をもう一度キッチンまで案内してくれますか？　広くて迷いそうですので」

「はい、構いませんよ」

不動産屋が二人を連れ立って一階へ降りていく。俺は、二つある大部屋の一つ、書斎になっている部屋へ向かった。ここは家主として、俺が一つを使おうと思っている。

「マルス」

「なんですか？」

「本当にここにするのか？」

「あれ、呪いとか気にしていないように見えていたんですけど」

「俺は気にしていない。ただ、母さんとクリスに何かあったら、と思ったら不安になった。過去にも話を聞いた聖職者たちが屋敷を確認したようだが、亡霊の存在は屋敷のどこにも感じられなかったそうだぞ」

「随分と隠れるのが巧妙みたいですからね」

「おい……」

俺の言い方は、まるで亡霊がいるのは確実だと言うようなもの。実際、亡霊はいる。

「さすがは魔物になっているだけある。俺の力に気づいて、生前の自分の部屋へ逃げ込んだか」

大部屋に着いた俺は、何もない部屋の隅へと語り掛ける。

「まさか……」

俺の態度に、兄も部屋の隅を警戒した。

「屋敷の外からでも分かっていたよ」

俺が確信を持って語り掛けると、ぼんやりとした白い靄《もや》が湧き上がった。徐々に形を成していくそれは、膝を抱えて震える人の形を取った。

『な、なんなんだ！　お前は!?』

どうやら、呪いの元凶である男らしい。魔物の一種、ゴーストになったことで、相手の魔力を大凡ながら把握できるのだろう。俺を見て震えているということは、俺の魔力がゴーストから見てすら化け物めいているということだ。

『で、出ていけ!!』

「悪いな。こっちには【迷宮魔法：気配探知《サーチ》】があるんだ」

迷宮内にいる魔物の位置を把握するための魔法。外でも使用することができ、恐怖から怯《おび》えて隠れているだけの相手の位置を捕捉することなど簡単だった。

「そして、亡霊なんて俺には恐れる必要がない」

『くそ……っ!?』

堪らず飛び掛かってきた商人の顔を掴む。驚きから何かを言っているようだが、口が塞がれているため言葉にすることができずにいた。

「悪いが、この屋敷は俺が買い取らせてもらった。本当の意味で過去の亡霊でしかないお前は消えろ」

商人の顔を掴んだまま【迷宮魔法：浄化《ピュリファイ》】を使用する。ゴーストのようなアンデッド系の魔物に対抗できる魔法で、対象の魂を強制的に昇天させることができる。力を発揮するためには、相手よりも強くなければならないが、迷宮主である俺よりも強い相手を探す方が難しい。

「ふぅ」

ゴーストへの恐ろしさではなく、ぶっつけの【浄化】が成功したことに、俺は溜息を吐いた。この先何があるのか分からない。慣れない魔法やスキルは、なるべく扱えるようになっておいた方がいい。

「まさか、今ので『呪い』問題を解決したのか」

「はい」

恐怖と動揺で思わず隠れるのをやめてしまったゴーストは、兄にすら捕捉されていた。おぼろげながら、俺が【浄化】を使ったところが見えたらしい。もしも高い実力の魔法使いが屋敷の近くにいれば、俺の存在に気づかれていただろう。幸いここは、敷地の周囲に人が寄り付かず、広い庭も有しているため屋敷は道路からも離れている。

「これで躊躇する理由はなくなりましたね」

「お前って奴は……」

問題があるから安いのなら、買ってしまってから問題を解決してしまえばいい。そうすれば、単なるお手頃物件になる。今回は俺の解決できる範囲のトラブルで良かった。

「さ、手早く契約も済ませてしまって、今日中に引っ越ししましょうか！」

その後、持ってきた荷物を収納リングで新居へ運び入れた俺たちは、母の淹《い》れたお茶で一息吐いていた。作りの良いソファーとテーブルを、四人で使う。

買い物にすら行っていないのにどうして高級な家具が揃っているのか、母に問われたが、俺は肩を竦《すく》めてごまかした。

魔力を消費する必要はあったが、【迷宮魔法】を使えばこんなこと、造作もなかった。

第三章

「暇だ……」

引っ越ししてから五日後。俺は私室で独りごちていた。

村長を告発する準備は進めている。だが、こればかりはすぐに整うものでもない。何よりまだ、決定的な証拠を用意できていなかった。

アリスター近くにある迷宮には、昨日までに行って調整を終わらせていた。今日は休みにしようかと思ったのだが、途端に暇を持て余すことになってしまった。

村では剣を振るか父の手伝いをするかだったから気が付かなかったけれど、もしかして俺って、無趣味な人間なのか……？

母やクリスが屋敷を掃除したり庭を整えたりするのを手伝おうかと申し出てみたのだが、自分たちでやるからと俺の手伝いは拒否されてしまった。

『僕としても、何も動きがないのは退屈で困るよ』

迷宮核の声が頭に響く。何か面白いことを期待してこちらの様子を覗いているようだが、屋敷にいては面白いことなどそうそう起きない。

『果たして、それはどうかな？』

「それはどういう……」

その時、屋敷に何者かが入る気配を感じた。

母に呼ばれ、応接室へ向かうと、そこには上流階級らしき白髪の男が優雅に座っていた。

周囲には武装した騎士が五人。中には兄もいる。となれば、男の素性は予想できた。

「はじめまして。この屋敷の主人、マルスです。冒険者もしております」

「ふむ。どうやら私の素性は理解しているようだ。私はアリスター伯爵家当主、キースという」

アリスター伯爵家は、アリスターの街やデイトン村を含むアリスター領の領主を務めている。大昔にこの辺り一帯を指すアーカナム地方の開拓に成功したのが始まりらしく、街の近くの迷宮から得た資源で都市を発展させ、成り上がってきた貴族だ。

伯爵とはいうが、王国の端、辺境を統治していることもあって、資源面では頼られつつもさほど位は高くないのだという。とはいえ俺にとっては雲の上の存在だ。このような状況でなければ、一生お目に掛かることさえなかったかもしれない。

「あの、何かご用でしょうか？」

ステータスとは無関係に醸し出されるプレッシャーに、少々萎縮してしまう。この辺り、俺も田舎暮らしの感覚が抜けていないのだ。

「その前に……私たちだけにしてもらえるだろうか」

兄を除いた四人の騎士が応接室を出た。護衛にしては随分とすんなり出ていってしまったが、最初から俺と兄だけに話があったのだろう。

「この『呪いの屋敷』を購入した人物がいると聞いて興味が湧いた。調べてみると当家の騎士の弟が手に入れた屋敷らしいじゃないか。私が生まれる前からある屋敷だったので、一度でいいから中を見てみたいと思っていたんだ」

立場にそぐわぬ好奇心に満ちた目で、アリスター伯爵は応接室を見回した。

「伯爵はこういう人だったんですか？　何があったんです？」

「いや、普段はもっと落ち着いた人なんだけど、今日はやけにテンションが高いみたいだ」

小声で兄に事情を尋ねるも、兄にもよく分かっていないようで、今朝になっていきなり屋敷を訪問したいと言われたらしい。

「この屋敷はアリスターの中でも指折りの規模だ。君のような冒険者が、どのようにして手に入れた？」

「アリスター伯には申し訳ないのですが、兄の騎士としての立場を利用しました。分割での購入です」

「嘘は良くないな」

伯爵はカマを掛けている風でもなく、すぐに見破ってしまった。

「カラリスの立場を利用したとて、その程度では商人が屋敷の分割購入など認めるはずがない。担保にできる私財がないのだから。一括で購入した、違うかね」

伯爵との間に緊張が走る。下手に否定しても、関係の悪化を招くだけだ。領主に逆らっていいことなど一つもない。とはいえ余計な詮索もされたくないので答えに窮していると、伯爵は俺の態度にハッとなった。

「いや、失礼した。この屋敷の購入者に興味があっただけだ。アリスターの名に誓って、君たちを害する意図などない。何よりクライス殿は恩人だ」

「父が？　どういった関係なんです？」

気になって思わず聞くと、伯爵は遠い目をして語り始めた。

「二〇年ほど前だったか。若かりし私は、辺境というものを調査しようと、商人を装いデイトン村を訪れたんだ。最低限の護衛だけ付けてね。それがいけなかった……。魔物に襲われた私は、命からがら逃げ延び、辿り着いた村で、クライス殿に救われたのだ」

その時の恩から、アリスター家へ迎え入れることも提案したのだが、父が村の生活が好きであったこと、そして何より母が、兄を身籠もっていたことから、移動も考え、都会暮らしは断ったのだそうだ。

「代わりに、彼やその家族が何か困れば、手助けすることにしたのだ」

「では、私の騎士登用は……」

不安げに問う兄に、伯爵は首を横に振った。

「私が便宜《べんぎ》を図ったのは、紹介状も持たぬ君が、試験を受けられるようにしたことだけだ。そこから先は純粋に自身の実力だ」

「……疑って、申し訳ございません」

ちゃんと自分自身の実力を評価されていたと知り、兄はホッとしたようだった。

「さて……そんなクライス殿の現状だが……誠に悲しいことだ」

「……ええ」

「ちょ、ちょっと待ってくださいアリスター様。マルス、お前も何を言っているんだ？」

この場で、兄だけが狼狽《ろうばい》している。伯爵も事実までは知る由《よし》もないだろうが、恐らくその推測は当たっている。

「クライス殿が、家族を残し出奔するなどあり得ない。私の調査でも彼の行方は不明だ。だから、どうなってしまったのか、既に見当は付いている……。息子である君たちにそれを伝えようと思ったが、マルス、君は私が考えている以上のことを、知っているね」

「はい、知っていました」

俺は努めて冷静に返す。どうやら伯爵は、俺の態度からそう推察したようだ。もう少しすれば、兄だってその理由を察していたはずだ。それが早まっただけだ。

「屋敷の庭はご覧になられましたか？」

「ああ。立派な庭だった」

「それは良かったです。屋敷内もそうですが、庭も整えてくれたのは母と妹なんです」

「そうか。ただ、門の近くに置かれた大きな岩だけは考えた方がいい」

門の近くには、俺の胸くらいの高さがある、大きな岩が置かれている。特に装飾としての役割も果たさない、無骨で大きな岩は元々あった物だが、花々咲き誇る庭の中ではミスマッチだった。だが、俺はあえて、その場所に岩を残したのだ。日当たりのいいその場所に。

「……しばらくの間です。できることなら、明るい場所で、家族の幸せな姿を見せたかった」

「……そういうことか」

岩は、父の墓標の代わりだ。遺体は村の近くに埋め戻し、ここには何も埋まっていない。岩には碑も刻んでいない。墓だと思っているのは俺だけだ。たとえ気持ちの問題だとしても、俺は父に、近くにいてもらいたかった。

「もしかして、お前が『広い庭』に拘《こだわ》ったのは……」

「狭い場所に作りたくなかっただけですよ」

全てが終われば、冷たい土から掘り出し、立派な墓に埋葬してあげたいと考えている。

「何か私にできることはないか？」

「そこまで気に掛けていただく必要はありません」

「そうもいかない。クライス殿に直接恩を返すことはできなくなった。だからこそ息子である君たちには報いたいと考えている」

そういうことなら一つだけ要望を言わせてもらう。

「これから故郷で異変が起きます。それに対して不干渉を貫いてください」

「……何があっても見て見ぬふりをしろ、ということか」

「はい。その上で起こった出来事に対して正当な裁可を下していただければ十分です」

伯爵は迷っているようだ。領内で何かトラブルが起こるのは間違いない。統治能力を問われる事態になれば、さすがに数百年と続くアリスター家が簡単に取り潰されるようなことにはならないまでも、貴族社会において白眼視されるのは間違いない。できることなら突っぱねたいだろうが、

「分かった」

それでも、恩人の息子だからか、はたまた底知れぬ力を感じたのか、伯爵は俺との友好を選んだ。

「そこまで考えているなら、私が金銭的に援助するのも断るだろう。だから、こんなものを用意させてもらった」

テーブルの上に一枚の紙が置かれる。

それは、冒険者ギルドにある掲示板に張り出されている依頼票と似ていた。違うのは、依頼を受

ける相手を指名することができる指名依頼のために使われる物ということだ。

特定のスキルを持った人間を指名することもできるが、その分報酬は高くなければならない。

こんなものを持ち出す伯爵の意図が分かった。

「簡単な依頼を受けさせて、堂々と大金を稼がせるつもりですね」

「さて、なんのことかな？」

伯爵は惚けたが間違いないだろう。依頼内容は、王都への手紙配達だ。魔物や盗賊に遭遇する危険は当然発生するが、実力が伴えば美味しい依頼だ。

王都までは十日、今の俺なら三日ぐらいは短縮できる。

デメリットがあるとすれば、低ランクの俺がこんなものを受ければ、伯爵と個人的な繋がりがあると喧伝《けんでん》することになり、否が応でも目立ってしまう、ということくらい。

「引き受けます」

それでも引き受けた。断るメリットより、デメリットの方が大きいと感じたからだ。彼個人との繋がりは、あって困るものではない。

「引き受けてくれて助かった」

事前に手紙も用意していたらしく、伯爵は自分の収納リングから丸めた紙を取り出した。収納リングはかなり高価だが、伯爵ともなれば持っていて当然なのだろうか。

「この手紙を王都にいるウェイン子爵に届けてほしい。成功報酬として金貨一〇枚を用意しよう」

「ありがとうございます」

「それからウェイン子爵の屋敷がある場所について描いた地図だ」

見ればそれは、最低限の配置と目印のみが描かれた簡略な地図であった。貴族の邸宅は所有者を公開していない物もある。所有者の情報ですら、悪用しようとする者にとっては値千金だ。そんな物、持って歩きたくはない。俺の収納リングに地図を収めておく。

「それほど急ぐ依頼でもない。せっかくの王都なんだから、余った時間で観光でもしてくるといい」

辺境にある小さな村で生まれた俺が王都へ行くことなど、生涯で絶対にないと思っていたのだが、予想外の好機が降って湧いた。目的はないけど、家族への土産《みやげ》話代わりに観光するのもいいかもしれない。

☆　☆　☆

三日短縮するどころか、出立から五日で俺は王都の門前に来ていた。道中、程々にトラブルやなんやもあったが、王都の綺羅《きら》びやかな空気に比べればどうということはない。思ったよりも余裕ができてしまったので、先に観光してみることにした。

まず、門からしてアリスターや、ましてデイトン村などとは比べ物にならない。俺は思わず、「うわぁ」と感嘆の声を上げてしまった。大勢が行き交っても行き詰まることのない門は、冗談のようだった。

門の前にできた身元確認の行列も、アリスターのそれより心なしか沸いている。

「王都は初めてかい？」

俺の様子が珍しかったのか門番が話し掛けてきた。

「は、はい！」

「そんなに緊張する必要はないよ。ここは治安もいいし、色々な物があるから楽しめるよ。いや、君も依頼を受けて王都へ来たなら仕事を先にしないといけないね」

人の良さそうな門番が色々と教えてくれた。俺の目的地であるウェイン子爵邸があるのは、王都の中央付近にある貴族街だ。門を入ったら真っ直ぐ道を進めばいいだけだ。

門番へ礼を言い、教えられた道を歩き出す。とりあえず、先に見える王城を目指せば着くようだ。

『まずは拠点を確保した方がいいよ』

迷宮核が念話で話し掛けてきた。

「拠点？」

『もう昼を過ぎているよ。何日か滞在するつもりなんだろう？　だったら拠点にできる場所を今のうちに確保しておいた方がいいよ』

時間が遅くなれば部屋を取ろうとする人が多くなる。時間に余裕があるうちに部屋を確保しておいた方がいいだろう、というアドバイスだった。彼のこういうアドバイスに旅の最中は助けられた。

『宿の良し悪しなんて初めて訪れた僕たちには分からないからね。王都の大通りにある宿ならハズレなんていうことはないだろうから、適当に入っても大丈夫だよ』

どこに宿があるのかすら分からない。悩みながら歩いていると、漂ってきた甘い香りに思わず誘われてしまった。

「おばちゃん、これは何？」

「ああ、こいつは今王都で人気のスイーツだよ」

薄い皮にフルーツやクリームが包み込まれた食べ物が売られていた。

試しに一つ買って食べてみると……美味しい！　俺は目を見開く。

『今はこんな物まで食べられるようになったんだね』

感覚を俺と同調させたおかげで、迷宮核も美味しさを共有することができる。人気になるのも頷ける甘さだ。

「おばちゃん、これと同じ物を四つくれるかな」

「いいけど、一人で食べられるのかい」

「俺が一人で食べるわけじゃないよ」

手渡されたスイーツを収納リングに収める。クリスたちにちょうどいいお土産ができた。

『しかし、王都は変わった所もあれば変わらない所もあるね』

昔を懐かしむように迷宮核が呟いた。

「来たことがあるのか？」

つい言葉を口にしてしまうが、これだけ人がいれば独り言程度は不審に思われたりしない。

『歴代の迷宮主は全員が一度は来たことがあるからね』

迷宮のある場所の国の首都。引き籠もって人と関わらないようにしているのでもなければ、用事があってもおかしくない。

『所々、当時と同じ建物だって残っているし、王城は最後に来た時から全く姿が変わっていないね』

「へぇ」

生き証人でもある相手の言葉。歴史を感じさせるそれに感心せずにはいられない。

変わった所、というのは先ほど食べたスイーツのように流行性のある食べ物屋などのことだろう。時代が変われば好まれる食べ物も変わる。

『こういう場所が変わらないいんだよね』

「ここ？」

迷宮核が言っているのは、建物と建物の間に出来上がった、路地裏へと続く薄暗い道。大通りから見ることのできる場所はそれなりに掃除されているものの、奥の方へ行けば薄汚れており、大きな木箱に襤褸《ぼろ》布を纏っただけの男性が寄り掛かっていた。

浮浪者。こういう大都市でも……いや、大都市だからこそ明るい場所で生きていくことができない者が出てくる。

「スラムか……やっぱり王都にもあるんだな」

『それは仕方ないよ。王都のような巨大な都市でも、養っていける人数には限界がある。それでも都には次から次へと人がやってきて、受け皿から零《こぼ》れ落ちてしまう人が出てしまうんだ』

それは世界の仕組みみたいなもので、どうしようもない。現状を一時的に改善することができたとしても、根本的な解決にはならないため再びスラムが形成されることになる。

「行くか」

『そうだね。ここで気にしたところでどうしようもないよ』

なるべく見ないようにして王都の賑やかな場所へ足を向ける。

『おや……？』

その直前で、迷宮核が何かに気づいた。

「どうした？」

『さっき路地裏へ女の子が入っていったんだ』

迷宮核の言葉が気になり路地裏へと視線を向けると、ガラガラガラ、と何か崩れたような大きな音が響いてきた。奥の方では二人の男が走っており、男たちの先を女の子が逃げるように走っていた。女の子を追い掛ける二人の男たちが木材を押し退《の》けて先へ進もうとしている。どうやら逃げている女の子が、逃げながら資材を倒して男たちの進路を塞いだらしい。状況だけで判断するなら、女の子のピンチというわけだ。

『面白そう。ちょっと見に行ってみようよ』

「は？　明らかに面倒事だったぞ」

『ちょっとしたイベントだよ。ね、ちょっとだけに見に行こうよ』

「宿はどうするんだよ」

『後からでも間に合うよ』

さっき言っていたこととは真逆の提案だ。どうしても俺を関わらせたいらしい。

まあ、面倒事ではあるが、傍観者であるこいつには無関係なんだろう。頭に響く声は無視できないのが恨めしい。

「分かったよ。行けばいいんだろ」

『さすが』

路地へ飛び込み駆けると、三人にはすぐに追い付いた。

「まったく手こずらせやがって」

「逃げるからこんな痛い目に遭うんだぞ」

やはり、女の子は逃げていたようだ。強く肩を掴まれ、壁に押し付けられている。

俺と同い年くらいの少女だろうか。美しい金髪を肩口で切り揃え、右側を編み込んでいる。整った顔は、恐怖に歪んでいた。

「わたし、何も悪くないじゃない……！」

「恨むなら親父を恨むんだな」

女の子が男を気丈に睨み付けるが、そんなもの、男たちには通用しなかった。表通りでも捕まえられたのだろうが、人目に付かない場所を選んだ結果だろう。

不穏な空気に、関わり合いにならない方がいいと理性が告げている。

「わたしは、お父さんの無実を証明するまで、捕まるわけにはいかないの！」

さっさと立ち去ろうと思ったが、彼女のその言葉を聞いて、思わず踵を返していた。

「ちょっと失礼」

気づいた時には男たちと女の子の間に立っていた。

「彼女、困っているじゃないですか」

「悪いが、お前には関係のない話だ」

「もう目撃してしまったので黙って見過ごすことはできませんよ」

手を腰に提げた剣に添える。戦いの気配に男たちも殺気立ったが、すぐに警戒を解き、意外にも

理性的に会話しようとしてきた。

「俺たちは奴隷商の用心棒だ。商館に連れてこられたばかりの嬢ちゃんが逃げ出したんで、俺たちが捕まえに来たっていうわけだ」

「その嬢ちゃんは正当な契約で商館の所有物になっている。俺たちは間違ってないぜ」

奴隷、と聞いてますます放ってはおけなくなった。デイトン村での出来事を思い出し、怒りがぶり返してくる。だが、奴隷商は犯罪ではない。商売として認められているし、それを横から奪えば俺の方が犯罪者だ。

「お願いします。助けてください！」

女の子は俺に縋ってくる。

「君は？」

「わたし、シルビアっていいます。わたし、こんな所で奴隷をやっている暇なんて……」

奴隷にされたのも訳ありだろうが、こうなっては、真っ当な手段で彼女を助ける方法は一つしかない。収納リングから金貨を一枚取り出し、男に渡した。

「おい、この嬢ちゃんを買うつもりなのかもしれんが、奴隷の相場までは知らないようだな。こんなはした金じゃあ、奴隷は買えないんだよ」

もちろん分かっている。

「そのお金は、手付金ですよ」

「手付金？」

「俺はまだ、彼女を買うと決めたわけじゃない。彼女が嘘を吐いている可能性だって大いにある。

だから直接、元締めの商人と話して俺自身が決めます。その金貨はこれ以上彼女を傷付けさせないため、それから、俺の意思を示すためのものです」

「歳の割に賢明じゃないか。客だっていうなら案内してやるが……本当に金はあるんだろうな？お前が思うほど、奴隷は安くないぞ」

「ご心配なく」

男たちに促され、俺はシルビアさんを連れ立って歩き出した。

彼女は俺の背後に隠れながら、道中、恐る恐るこう聞いてきた。

「あの、どうして見ず知らずの私のために、金貨まで出して助けてくれるんですか……？　助けてくださいと言っておきながら、こんなこと尋ねるのもおかしな話なんですが……」

「お父さん、助けたいんだろ」

その言葉だけは、どうしても無視することができなかった。

☆　☆　☆

意外なことに用心棒の男たちに案内された奴隷商館は、王都の大通りに面した場所にあった。外観も小綺麗で、普通に真っ当な商売をしているように見える。まあ、暗く汚い場所にある怪しげな商館なんかで奴隷を買う気にはなれないんだろうけど。

「おお、戻ったか」

「ただいま戻りました」

用心棒たちが商館へ入ると髭《ひげ》を生やした筋肉質な若い男が出迎えた。体つきから、商人というよりも格闘家といったイメージだ。用心棒の恭《うやうや》しげな態度から、彼が商館の主だと分かった。

『随分と強そうな商人だね。扱っている商品が関係しているのかな？』

奴隷が主人に反抗するのは珍しくない。恐らく、自力で制圧できるように鍛えたのだろう。とはいえ全員を自分で押さえていてはキリがないので、シルビアさんのような者は部下に捕まえさせる、というわけだ。

「一つご報告があります」

「なんだ？　まさか、商品に傷をつけたわけじゃないだろうな。前にも言ったと思うが、見えない場所だから、というのは関係ない。奴隷は体の全てに価値がある。場所など関係なく、傷の有無は非常に重要なことだ」

「いえ、失態では」

「では――？」

「客を連れて参りました」

客、と聞いて男の顔色が変わった。逃げ出した奴隷の捕獲に加え、新規の客まで連れてきたのだ。喜色を表すのも当然だろう。

「おお、これは申し訳ないことをしました。私、奴隷商人をしておりますバルバルオと申します。奴隷を所望されている、ということでよろしいですか？」

それまでとは打って変わって厭《いや》らしい笑みを浮かべて、手を擦り合わせながら近付いてくるバルバルオ。

「はい、その通りです」

「それでは早速、商談へと移ることにしましょう」

バルバルオに案内され、商談用の個室へ入った。個室には、調度品のローテーブルとソファが置かれており、バルバルオの向かいのソファには俺とシルビアさんが座った。

用心棒の二人はバルバルオの後ろに立って警戒していた。

俺はシルビアさんを買うことになった経緯を求められ、先ほどの出来事を説明した。

「なるほど……」

「こちらから質問しても？」

「どうぞ」

「何故、彼女のような普通の女の子が、奴隷として売られているのですか？」

バルバルオは髭を撫でながら俺の話を聞いている。

シルビアさんの服装は、奴隷にしては綺麗すぎる。俺の勝手なイメージかもしれないが、奴隷ならもっと粗末な服を着せておくだろう。買ってもらえるよう多少は身なりを整えたりするかもしれないが、まるで最近奴隷に堕ちたかのようななりが気になった。

迷宮核も同じ疑問を抱いたようだ。

「彼女は父親が窃盗を行い、その損失額を補うために奴隷商へ売られたのです」

「お父さんは、盗みなんてする人じゃない！」

「あなたに発言を許した覚えはありませんよ」

「あぅ……！」

バルバルオがシルビアさんを睨み付けると彼女の首に嵌められた首輪が光り、ギリギリと締まった。陰になっていて分からなかったが、アクセサリーにしては異質な物が付いている。

『奴隷を従わせる魔法道具だね。主に設定された者の命令で、首輪が締まるようになっているんだ』

「おい……」

「申し訳ございません。こちらも昨日手に入れたばかりの奴隷ですので、教育が行き届いていないのです」

「そうじゃない。彼女は俺が買う予定で手付金まで渡しているんです。無闇に傷付けるような真似は控えてもらいましょうか」

「手付金？」

初めて知らされた事実だったのか、バルバルオが首を傾《かし》げた。後ろでは、手付金を受け取っていた用心棒が「ヤベッ……」といったように顔を歪めている。だが、今さら後悔したところで遅い。

「バカヤロウ！」

バルバルオが用心棒を殴り飛ばした。屈強な用心棒が、簡単に転がされる。

「商人にとって金のやり取りがどれだけ大事なのか分かっているのか!? 手付金を支払われていることを知らずに商談を進めていたらオレが恥を掻くところだったろうが！」

「す、すいません……」

「ネコババするつもりだったんじゃないだろうな」

「本当にうっかりだったんです。いきなり商談なんかが始まって付いていけなかっただけです」

「……なら、いいだろう。信用してやる」

「ありがとうございます」

殴られた頬を押さえながら用心棒が立ち上がると、バルバルオへ俺が渡した金貨を差し出す。

「お客様、申し訳ございませんでした。以後はこのようなことがないように気を付けます」

「いえ……」

バルバルオの合図で、シルビアさんの首輪も元に戻った。解放されたシルビアさんは、咳《せ》き込みながらバルバルオを睨み付ける。

『その子、自分で首輪を着けたんじゃないかな。だとすれば相当おかしなことになっているけれど』

「自分で首輪を着けるなんて、あるはずがない。無理やり着けたんじゃないのか」

俺の呟きに、バルバルオが反応した。

「いえいえ、後ろめたい者はそうした物も使うでしょうが、私共のような認可された奴隷商は、きちんと『本人が嵌めなければ効果のない物』を使っておりますよ」

恐らく、市場に出回る物は犯罪への利用を防ぐためのリミッターが掛けられているのだろう。本人の承諾もなしに奴隷にできるなら、誘拐でもなんでもやり放題だからな。

冷静に考えれば王都の大通りで商館を構える奴隷商が盗賊紛いのことをするはずないか。

「どうして、自分から奴隷の首輪を嵌めたんだ」

「だって……首輪をしないと出してもらえないって教えられたから……」

バルバルオを睨むと、首を振って否定した。

「騎士団の詰め所に捕らえられていた彼女と接触した際、動揺する彼女に首輪をするよう迫ったのは捕らえた騎士ですよ？　なんでも盗まれた宝石を弁償させるためだとか。私は、奴隷を売ると言われたので金を払って受け取ったまでです」

そんなもの、明らかに不当な取引だ。デニスに追い詰められた俺と同じように、動揺に付け込まれただけだ。そんな人間が冷静な判断ができるはずもない。

「ちなみに、いくらの宝石が被害に遭ったんですか」

「金貨三〇枚と聞きましたが」

かなり価値のある物らしい。だが、どうもきな臭い。

「確かに、お金には困っていました。母が重い病気に罹《かか》り、治療費が嵩んでいました。王都へ出稼ぎに出ていたんですが、だからといって盗みを働くなんて、信じられません」

「出稼ぎって……いくら必要か知らないけれど、王都で稼ぐといっても、簡単じゃないぞ」

「父は若い頃に冒険者をしていました。当時の知り合いは今でも王都で活動しているので、その伝《つ》手《て》を頼ると言っていました」

引退後は真面目に農場で働いていたというシルビアさんの父。そんな人が、盗みを働くはずがないというのが、シルビアさんの主張だ。

経緯は分かった。俺も、他人事とは思えない。

「騎士団に強く言える、ということは盗まれたのは貴族の方ですか？」

「その通りです。ですので、彼女を売ることは可能ですが、被害に遭われた貴族から睨まれると思ってください。王都での活動にも制限が掛かるかと……」

ああ、ならなんの問題もない。元々、王都は依頼で寄っただけだ。ギルドに立ち寄る予定さえなかった。厄介事にさえならない。

『厄介事を引き受けるぐらいで可愛い女の子が手に入るなら安いものじゃないか！』

喜んでいる迷宮核は無視だ。

俺は何も、彼女が若く見目麗しい女だから買おうと思ったわけじゃない。ただ、父の無実を信じる言葉に、心動かされただけだ。俺は既に手遅れだった。だが、彼女には間に合わせてやりたい。

「彼女を買うとしたら、いくらになりますか？」

「本気ですか？　まあ、こちらとしても買い手がいるというのなら適正金額で売るだけです。彼女なら金貨四二枚でお売りしましょう」

「高くないですか？　彼女を買い取った時は金貨三〇枚ですよね？」

「それは買値ですね。村娘ですので教育を施す必要はありますが、彼女の容姿ならば将来的にそれぐらいの金額は簡単に稼げると判断しております」

娼館《しょうかん》に入れて体を売らせることもできる。この奴隷商館も、そうした商売に噛んでいるらしい。

「かなりの金額です。とてもあなたのような冒険者に手を出せるような金額では……」

俺の見た目から判断したのだろう。最初から売るつもりだってないかもしれない。シルビアさんを使い潰した方が、稼げると判断しているのだ。

だが俺には、そんなちゃちな思惑は関係ない。

「こちらが代金になります」

「へ？」

バルバルオは、テーブルの上にザラザラと出された金貨に目を丸くした。

「ほ、本物なのか……⁉」

「確かめてみればいいじゃないですか」

金貨五〇枚程度なら、いつも持ち歩くことにしている。

「ほ、本物ですね。まさか……」

バルバルオは愕然と呟いた。こんな予定ではなかった、と顔に出ている。

俺は構わず、契約を迫った。

「ま、待ってください、実は――」

「商人として、俺の懐を覗き見てから商談を翻すなんてこと、認められると思っていませんよね」

「それ、は……！」

値段は自身の見定めた価値だ。それを誤りだったと認めるなど、最大級の恥だろう。最悪、信用は失墜する。

「…………かしこまりました。契約を、結ばせていただきましょう」

「オーナー！」

「構いません……。見誤ったのは、私の落ち度なのです」

差し出された契約書を、迷宮核の助けも借りながら細部まで確認する。軽い気持ちで署名する前に、きちんと問題がないかも確認できた。

「では、彼女の首輪へ魔力を流してください」

バルバルオはシルビアさんの首輪へ魔力を流しながら操作し、俺にも首輪へ魔力を流すように言った。こうすることで奴隷商は首輪への所有権を失い、新たに俺が首輪の所有者となるらしい。

「おめでとうございます。これで、彼女はあなたの所有物となりました」

☆　☆　☆

商館を出た俺は、何故だか妙な疲れを感じていた。

「あの……」

何か言いたそうにシルビアさんが話し掛けてくるけど、正直言って何から話せばいいのか分からない。今になって自分のしでかしたことを認識してしまった。村の女の子たちはどちらかと言えば家族みたいなもので異性として認識したことはあまりない。アリスターの街でも関わり合いになる女性はそれなりにいたのだが、ほとんどが年上だったため姉のような感じで接していた。

だから同年代の女の子との接し方が分からない。

『もう～、まったく分かっていないな。彼女は訳も分からないまま いきなり奴隷に落とされて、どうにか自力で逃げ出したものの結局捕まってしまったところを君に助けてもらったんだよ。彼女は内心では不安なはずだよ。ここは、ちょっと気の利いた言葉でも贈って安心させてあげれば簡単に落ちるよ』

状況を楽しんでいる迷宮核も無視だ。とりあえず、しどろもどろになりながらも手近な宿に行くことを提案した。時刻は既に夕方。何をするにも時間はない。

入ってすぐのカウンターには、四〇代くらいの男性が立っていた。

「ふ、二人なんですが、部屋は空いていますか？」

「ああ、空いているぜ。いやあ、お前さんたちが泊まってくれたおかげで、今日は久しぶりに満室になってくれたぜ」

「珍しいことなんですか？」

「そういうわけじゃないが、ウチは女房と息子たちの家族でやっているからな。特に客を引けるような物もないんだが、王都は人で溢れているからたまに満室になる日があるんだ。ちょっとした記念日みたいなもんさ」

主人は嬉しそうに台帳に記入している。

「何泊の予定になる？」

「具体的な予定は決まっていませんけど、数日は滞在することになると思います」

「ウチは、宿泊だけなら銀貨二枚。夕食と朝食を付ければ一泊で一人銀貨三枚になるけど、どうする？」

「とりあえず五日分でお願いします」

とりあえず銀貨を三〇枚渡す。主人が付いてこいと言うので、俺とシルビアさんは部屋の前へ来た。鍵を渡される。

……あれ、一本しかないですよ？

「悪いな。今日は、もうこの部屋しか空いていないんだ。だけど、ちゃんと二人部屋だから問題ないだろ」

「いえ!?」

思いっ切り問題がある。

宿泊代金を俺がまとめて払ったことから行動を共にしているのは一目瞭然。けれども一緒に行動しているといっても、数時間前に出会ったばかりの間柄なんだから、さすがに同じ部屋は困る。何より接し方の分からない年頃の異性だぞ。

だけど、部屋が空いていないのでは受け入れるしかない。

忙しくなる夕方の時間に空いている部屋を他の宿で探し回るのも億劫《おっくう》だ。

ドギマギしながら扉を開けると、大きめのベッドが一つだけ置かれていた。

「ちょっと!?　ベッドが一つしかないんですけど！」

カウンターに戻ろうとする主人は、本気で分かっていないのか首を傾げていた。

「そっちのお嬢さんは兄さんの奴隷だろ？　だったらベッドが一つでも問題ないだろ」

「あ……」

今のシルビアさんは奴隷の首輪を晒していた。奴隷は、どのように扱ったとしても文句を言われない。若い男が女性奴隷を引き連れていれば、そのように見られるのは当然だった。

「あの、わたしなら本当に問題ありませんから。さっき宿の外に納屋《なや》があるのを確認していますから、わたしはそっちでも構いません」

そういうわけにはいかない。女性をそんな場所で寝かせるなんて真似をしたら、亡くなった父に顔向けできなくなる。

「……大丈夫。料金は二人分で支払ったんだから部屋を使わせてもらおう」

幸いにしてベッドは大きい。二人で使ったとしても、十分離れて寝転べるスペースがある。

「疲れたでしょ。まずは、休んだ方がいいよ」

「その……失礼します」

緊張した面持ちでシルビアさんがベッドに座る。さっきそのように見られてしまったせいで妙に意識されているみたいだ。

「そういうつもりはないから落ち着いて……なんて言っても無理だろうけど、少しは安心してほしいところだね」

「ほんとう、ですか？」

「本当だから」

安堵から息を吐く。

少しは落ち着いてくれたみたいなので、俺は部屋に備え付けられている椅子に座らせてもらった。

「改めて自己紹介をするけど、俺が君を買ったマルスだ。君はシルビアさん、だよね」

「……はい。シルビア、十五歳です」

「あ、同い年なんだから畏《かしこ》まる必要はないよ」

「いえ、そのセリフはわたしこそ言いたいです。わたしは奴隷、あなたはご主人様なのですから」

本人が望んでいるのなら……。

「分かったシルビア。これでいいか？」

「はい、大丈夫です」

シルビアの方は直っていない。まあ、無理に矯正するようなものでもないから仕方ない。

「最初に伝えておくけど、俺は君が女の奴隷だから買ったわけじゃないよ」

「その……それならどうして買ってくれたんですか？」

「君のお父さんの無実を証明する。その手伝いがしたかったんだ」

「どうして、そこまで良くしてくれるんですか……？」

信用を勝ち取るには、洗いざらい事情を話す必要があるだろう。もちろん俺が迷宮主であることなんかは抜きにして。

「俺の父さんも、身勝手な連中の私欲が原因で汚名を着せられ、殺されたんだ。だから君の言葉に、共感するものがあって放っておけなかった」

「でも、こんな話そこら中に転がっていますよ」

ややスレた物言いをするシルビア。確かに、だからこそ王都という華やかな都市にも、スラム街が形成されるのだろう。

「確かに、世界中探せば君以上に不幸な人なんていくらでもいる。けど、そんな人を全員救うことなんてできない。でも、似た境遇の君と俺は、偶然出会った。それだけで助ける理由には十分だよ」

シルビアはしばしポカンとした後、クスクスと笑い出した。不思議に思い見ていると、

「偶然で見ず知らずの奴隷を助けるなんて……本当に面白い人ですね。信用できない相手なら、隙を見て逃げ出すつもりでいました」

「逃げ出してどうするつもりだったの？」

「もちろん、わたし一人でお父さんの無実を証明するつもりです」

「どうやって？」

「え……」

何か考えがあって行動するつもりなのだろうと思っての質問だったのだが、聞かれた直後から気まずそうに視線を逸らす姿を見る限り、とりあえず行動を起こしてみただけだったのだろう。呆れるほどの行動力だ。

「仕方ないじゃないですか。王都でお金を作ってくる、って言って出掛けたきり、全然戻ってこないお父さんを捜すために王都へ来たら、着いて一時間もしないうちに騎士に囲まれて、気づいたら捕まっていたんです」

その後すぐに、騎士たちから父親の所業について説明が為され、さらに動揺しているところで気づけば奴隷になる契約を結ばされており、心の余裕はなかったのだという。衝動的に動くのもやむなし、というところか。

「それじゃあ今後どうするか、具体的なことは決めていないんだね」

「はい……」

「だったら俺に任せてくれないかな」

「何をするつもりですか？」

仕方ない。寄り道になるが、王都に滞在する間に、事件を解決してしまえばいいんだ。

「まずは情報収集から始めよう。それからお父さんの足跡を追うんだ」

「はい！」

これからすべきことを提示すると、シルビアはいい笑顔を見せた。直後、グゥ〜ッという音が部屋に響く。俺ではないな。

「し、仕方ないじゃないですか！　王都へ辿り着いてすぐに捕まったから、昨日の昼からほとんど食べられていないんです」

粗末ながら、商館で食事は出されたようだが、奴隷になったつもりはないシルビアは食事を拒否していたらしい。

「とりあえず食堂へ行こうか」

「わたし、元々お金はそんなに持っていないし、奴隷になった時に所持金とか全部取られちゃっているから、返せる物が……」

「食事代も含めて、いずれ返してくれれば問題ないから」

この状況を面白おかしく見ていたのが迷宮核だ。

『借りたお金を返す当てがないなら、体で払ってもらおうって提案が通りそうな場面なのに……』

そういう方向の話はなしだ！

文句を叫んでやりたいところだが、先ほどの提案も、実は迷宮核のアドバイスが大きい。シルビアを救えたのだってこいつのおかげなのだから、多少の戯言《たわごと》は聞き流してやっていた。

☆☆☆

翌日。

俺とシルビアは、身なりを整え、貴族街へ向かっていた。しかし、見れば見るほど華やかな都だ。

王都は、国の中枢である王城の周囲に都市が造られた。王を補佐する役職に就いた貴族たちは、王城の周囲にある土地の権利を手に入れ、やがて周囲に住み始めたため、そこが貴族街となったのだ。

迷宮核の話によれば、以前に訪れた時からほとんど変わっていないらしい。ちなみに、貴族街に入れる限られた入り口で検問し、平民の立ち入りを禁じているのも、変わっていないようだ。

ただの冒険者であれば門前払いだが、俺はアリスター伯爵の紹介状があるため、簡単な確認だけで通された。

「ところで、彼女は？」

兵士の目がシルビアへ向けられる。依頼を受けた張本人であるため俺は問題ないが、冒険者ですらないシルビアが通るのは難しいのだろうか。

「彼女は俺の手伝いですよ」

「手伝い？」

咄嗟《とっさ》に助手だと言い訳した。たとえば子供は、冒険者として危険な依頼を受けて稼ぐことはできない。なので、荷物持ちや買い出しの手伝いなど、できる範囲で冒険者を手伝うことがあるのだ。

だが、俺の機転は無意味だった。

「おい、この子は……」

「ああ、そういうことか」

ヒソヒソと話す二人の兵士。シルビアの首へ向けられた視線から、奴隷であることを察したようだった。奴隷の管理責任は主人にある。なので奴隷が余計な粗相をしないよう、主人が見張るのなら、同行も許されるようだ。

あまり気分は良くないが、とりあえず検問はパスできた。

「ご迷惑をお掛けして、すみません」

「気にしてないよ」

ただでさえ貴族街では冒険者の俺は目立つが、目立ったところで王都での活動がしにくくなるだけ。俺には関係ない。

面倒事を起こされては困る、ということで、初めて貴族街を訪れた俺たちを兵士の一人が案内してくれることになった。

貴族街はどれも建物が大きい。見渡す中で一番小さい家らしき建物ですら、屋敷と呼んで差し支えない大きさを誇っている。キョロキョロ見回していると、兵士に窘《たしな》められた。

「あまりキョロキョロするな。不審者だと思われるぞ」

「すみません。貴族の屋敷なんて見たことがなかったもので……」

「気持ちは分からなくもない。しかし、不審な行動が目立つと逮捕しなくてはならないから気を付けろ」

「はい」

それ以降は、粛々と兵士の後を付いていった。

目的地であったウェイン子爵邸は、貴族街の入り口からすぐの場所だった。歩き始めて数分で、豪華な邸宅が見えてきた。

門に備え付けられた鐘を数度鳴らす。すると、燕尾服を着た紳士が出迎えてくれた。落ち着いた所作が、主人の格を思わせる。

「ようこそ、いらっしゃいませ。本日は如何なされましたか？」

兵士は敬礼し、紳士に向かって言った。

「子爵様に用のある冒険者がいらっしゃったので、案内させていただきました」

「それは態々《わざわざ》ありがとうございます」

紳士が正しく頭を下げて礼を言うと、案内が引き継がれた。

「私、当家で執事をしておりますアレクと申します」

「冒険者マルスと仲間のシルビアです。アリスター伯爵からお預かりした書状を届けに参りました」

「失礼」

収納リングから預かった手紙を出して執事に渡す。中身を確認するような真似はしないが、封筒に描かれたサインや紋章から本物かどうか確かめている。

「確認できました。幸いにして主も今は手が空いておりますので案内させていただきます」

とりあえず門前払いされるようなことはなかった。立派な構えの門が開かれ、俺たちは中に入る。

応接室へ向かう道すがら、シルビアはさっきの俺以上にキョロキョロと落ち着きなく見回し、応接室ではソファの柔らかさや、お茶請けに出された菓子の味に感激しているようだった。

彼女の育ってきた環境が如何《いか》なるものか、若干透けて見えた気がする。後で聞いた話だが、いつも食べている木の実が馬鹿馬鹿しく思えてしまったほどだったらしい。

俺は王都を見て回っているから知っているが、ここに出ているお菓子は全て、そこまで高級品ではない。少し値は張るが、出稼ぎに来た労働者がお土産に買って帰れる程度の値段だ。

「後で買ってあげようか？」

そんなに喜ばれるなら、と思わず提案してしまった。提案した後で間違いだったと後悔した。

「いえ、その……」

案の定シルビアは遠慮してしまった。奴隷と主人という立場があるので、どうしても一歩引いてしまう。今も、何故か少し離れて座っている。

「隣に座ったらどうだ？」

「いいんですか？　奴隷が一緒にいるのは……」

多くの主人は、自分と同等に扱うことを嫌って奴隷を隣にいさせることを避けるという。俺は違う。シルビアには、隣にいてもらった方がいざという時守りやすくて都合がいい。普通は逆だが、運動神経はともかく、彼女は戦いだとか護衛という感じがしないからな。

言うことを聞かせる形で隣に座らせる。

そんな問答をしているうちに明るい金色の髪をした男性が姿を現した。事前にアリスター伯爵と同年代だと聞いていた。しかし、鍛えられた体からは壮健さが醸し出されており、ともすれば二〇代に見えるほどの若々しさを保っていた。

アリスター伯爵とは違ったタイプのイケメンだ。

「私がウェイン家の当主ガスト・ウェインだ」

「冒険者のマルスです」

「ウェイン家は代々武門の家系だ。だから、礼節なんかは細かく気にしない。伯爵の秘蔵っ子なら私とも親しくしてほしいところだからな」

などと言われても相手は貴族。下手なことは言えないため黙っている。

「伯爵からの手紙は確かに受け取った」

「では、こちらにサインをお願いします」

依頼票にサインを貰わなければ完遂したことにならない。子爵が慣れた手付きでサラサラとサインをする。貴族ともなればサインする機会は多いのだろう。

「手紙は読ませてもらった。内容については言えないが、日付は七日前になっていた。本人のサインもあったし、私たちしか知らない事項について書かれていたことから考えて、本物であるのは間違いない。そうなると、君は七日で王都まで移動したことになる」

しまった。移動時間について探られることを考えていなかった。重要なのは中身であって、届けた俺のことなどどうでもいいと考えると思っていたのだ。片道十日は掛かる距離を、わずか七日で進んだとすれば、明らかに異常だと思われてしまう。

だが、ウェイン子爵はからっと笑った。

「安心してほしい。そのことでどうこうするつもりはない。冒険者のスキルは多種多様、そういった移動系のスキルだってあるだろう」

「では……？」

「私はその速さと、確実に届けられる誠実さに注目した。私からの返事も、どうか届けてほしい」

届けたのとは別の手紙をテーブルの上に置く。

「随分と準備が早いですね」

「内容については事前の予想ができるものでね。以前から用意しておいた物に、二、三、文章を加えただけさ」

子爵の手紙を収納リングにしまう。

「これは個人的な依頼になる。もちろん、報酬はそれなりに用意させてもら――」

「いえ。ご依頼を引き受ける代わりに、個人的なお願い事を一つ、聞いてはいただけませんか？」

「ほう……」

子爵の雰囲気が変わる。貴族を相手に要求などあってはならないことだが、彼の様子を見る限り、金銭よりも、別の『何か』を要求した方が好まれると思った。案の定、面白そうだと子爵が俺への値踏みを始めている。

「欲しいのは『情報』です」

「情報？」

「子爵は数日前に、貴族街で起こった窃盗事件をご存じでしょうか」

「それがフレブル子爵家で起こった事件なら、知っている」

「ありがとうございます。実は、その事件の真相を探っているのですが、生憎と簡単なあらましぐらいしか知らないんです。少しでも詳細な情報があるなら報酬の代わりとして教えていただけないでしょうか」

ここでできた伝手を利用しない手はない。俺はシルビアの父の嫌疑を晴らせる情報を期待した。

「もちろん最低限の情報は仕入れている……が、どうしてそんなものを、報酬代わりに聞きたがる？」

「何故なら、隣にいる彼女が当事者だからです」

「ほう……」

☆　☆　☆

俺の説明を聞いた子爵は、なんと頭を抱えてしまっていた。

「まさか、そこまで愚かだったとは……」

「と、いうと？」

彼が予想外の反応を見せたので、俺は思わず尋ねてしまった。

「たとえ被害者が貴族といえど、家族に弁済を迫ることなどあってはならん。まして、奴隷にしようものなら、それはもはや違法だ。発覚すれば、厳しく罰せられる」

ウェイン子爵は憤るが、実際にそれが罷《まか》り通ってしまっている実例が、俺の隣で目を白黒させているのだ。

「同じ貴族として、度を過ぎた強権による被害に遭われたこと、申し訳なく思う。この通りだ」

「え、いえ……！」

頭を下げるウェイン子爵を前にしてシルビアがわたわたと慌ててた。相手は貴族。それも武門として有名らしい子爵家の当主なので、一介の村娘でしかないシルビアにとっては恐縮するしかない。

「被害に遭ったボーバン男爵も先代は優秀な人なんだが、息子はダメだな」

ウェイン子爵は事件の顛末《てんまつ》について語ってくれた。

被害者はボーバン男爵。王都から馬車で二日ほど移動した先にある、小さな町と周辺の村を治める領地貴族。先祖代々優秀な人物が多く無難に領地を治めていた。ところが、領主の地位を数ヶ月前に引き継いだばかりの息子は、王都で遊んでいる方が好きらしく、領地にいるよりも王都にある屋敷で滞在している時間の方が長いのだという。

「王国にとっては重要でもない領地。無難に統治していれば問題ないのに遊び歩いているから、致命的な問題が発生してしまった」

その日も王都の屋敷に多くの友人を招いてパーティーを開いていた。そこで先祖から引き継いだ宝石を披露していた。披露した後は金庫にしまって厳重に保管されたが、その夜、何者かが屋敷へ侵入して宝石が盗まれる事態となった。侵入者と屋敷の警備兵が鉢合わせる事態となり、その時に侵入者の顔が見られているだけでなく、警備用の魔法道具にバッチリと顔が撮影されていた。

目撃証言がハッキリしていたことから犯人の特定は簡単だった。

ところが、その犯人というのが問題だった。

「犯人は冒険者であり、お嬢さんのお父上だった、という報告が上がっている。証拠も、魔法道具で記録されているし、多くの人間がその姿を目撃している」

話を聞いたシルビアは青ざめていた。てっきり、否定してもらえると思っていたのだろう。

俺の父の時のような、完全な冤罪《えんざい》とは言い難そうだ。

「……きっと何か事情があるんだと思います」

絞り出すように、シルビアがようやくそんな言葉を口にした。だが、ウェイン子爵は首を振る。

「そうだとしても、貴族の屋敷へ侵入した時点で問題だ」

「それは……」

「受け入れられないかもしれないが、諦めて早めに王都を離れなさい。ボーバン男爵は、これ以上事を荒立てはしないだろうが、王都にいればどんな目に遭わされるか分からない」

「それでも……わたしは、父の無実を信じます！」

分かったのは事件に関する事実のみ。シルビアは頑《かたく》なに、現実を認めはしない。

俺もそれが真実かは分からないが、今の時点では何も言えなかった。

「情報提供ありがとうございます。もう少し調べてみることにします」

「この程度で役に立てたなら嬉しいよ」

手紙をきちんと届けることを約束してウェイン子爵邸を後にした。

☆　☆　☆

次に訪れたのは王都にある冒険者ギルドだ。ウェイン子爵から話を聞いているうちに朝の忙しいと思われる時間は過ぎ、話を聞くにはちょうど良さそうな時間に訪れることができた。

さすがに王都のギルドは、建物からしてアリスターにある冒険者ギルドよりも豪華だ。

「うわっ……」

忙しい時間は過ぎたはずだが、それでも冒険者ギルドの中は、アリスターとは比べ物にならない人で溢れ返っていた。受付の数も多いが、カウンターの前に長蛇《ちょうだ》の列ができている。

「凄い人の数ですね」

「冒険者ギルドへ来たことはある？」

「故郷のレミルスの冒険者ギルドへは用事があって行ったことがありますけど、閑散としたものでしたよ」

シルビアが住んでいたレミルスは、王都の近くの小さな村だ。王都からそれほど離れていないため危険な魔物は騎士団に討滅されてしまうし、他の小規模な群れや群れをはぐれた魔物についても、王都にいる優秀な冒険者が狩ってしまう。おかげで平和そのものだったという。

拠点にして活動する冒険者も少ないだろう。

二人で長い行列に並ぶ。そういえば、色々あったのにシルビアのことをほとんど知らない。

「村では何をしているの？」

「牛や羊の世話がわたしの主な仕事かな？　そこそこ広い牧場があって、そこで下働きして給料を貰っています」

元はシルビアの母が働いていたが、体を壊してからはシルビアが代わりに働いているのだそうだ。

父は、冒険者時代に作られた体で、肉体労働を得意としていたらしい。なんとか食えてはいたが、母の病気が悪化し、生活が立ち行かなくなったのだという。

「わたしのことよりもご主人様の話を聞かせてください」

「俺？」

「冒険者が普段何をしているのか凄く気になります」

興味を持ってくれるのは嬉しい。けど、迷宮主に関することは言えるわけがないし、冒険者になってから一ヶ月も経過していない有様なので、人に話せる経験を積んでいるとは言えない。

当たり障りのない話として、迷宮がどんな場所なのか説明した。

「へぇ、迷宮って凄い場所なんですね」

「興味あるのか？」

「一度は火山とか海を見てみたいですけど、わたしは一生を村娘として終える宿命ですから見に行けませんよ」

などと諦めを口にするので、せめて話の中でぐらい、迷宮が面白い場所だと思わせてあげようと、色々な階層があることを細かく伝える。いきなり海が現れる階層の話をすると、目を丸くして驚いてくれた。

そんな風に話しながら待っていると、俺たちの順番があっという間にやってきた。

「冒険者ギルドへようこそ。本日は、どのようなご用件でしょうか」

受付嬢が明るい口調で用件を尋ねてくる。依頼を受けに来たわけでも出しに来たわけでもないため困惑させてしまうかもしれない。

「オルガという冒険者が王都のギルドを拠点にしているらしいのですが、その人に会うことはできますか？」

冒険者時代のシルビアの父が組んでいたパーティのリーダーだというオルガ。他にもメンバーはいるらしいが、まずは彼を見つければ、自然と他のメンバーも見つかりそうだ。シルビアも、知っているのは父が酔った時に口にした名前だけらしく、顔も何も知らないらしい。

冒険者カードを見せて身分を証明したが、受付嬢は首を横に振った。

「残念ですが、ギルドでは冒険者が相手の場合であっても、登録している冒険者の個人情報を開示することはしていません」

「ちょっと話を聞くために接触したいだけなんですけど、教えてもらえませんか？」

「ギルドからはお教えできません」

落胆しながらカウンターを離れると、すぐに後ろの人がカウンターに入ってしまい、もう受付嬢は俺たちのことなど気にしなくなっていた。王都のギルドは大きいだけあって、より事務的な気風が強いらしい。

「どうしますか？」

オルガという人物がどこにいるのか、全く手掛かりがない。シルビアは困り果ててしまう。

「問題ない。ギルドが教えてくれないなら冒険者に直接聞けばいい」

受付嬢はわざわざ「ギルドからは」教えられないと言っていた。つまり、ギルド以外の人間が勝手に喋《しゃべ》ることまでは禁じられないのだ。たとえそれが、ギルド内での出来事であったとしても。

魔物や素材の情報は頻繁にやり取りされている。その中でも貴重な情報には金銭でやり取りが行われる。止められる道理がないだろう。

「早速話を聞きに行こう」

「あ、ちょっと……！」

ギルド内には酒場が併設されている。これはアリスターも同じなので、ギルドはどこもこんな感じなのかもしれない。まだ日の高いうちに口がふわふわと軽くなっていそうな者を探した。

「でも、簡単に教えてくれるんですか？」

「大丈夫。魔法を使って聞き出す」

「へ？」

魔法、と言われ、シルビアは何を想像したのか、顔を顰めた。恐らくその想像は外れている。

よく分かっていない様子のシルビアを連れて、酒場の隅の方で酒を一人で飲んでいる男に近付く。何か不運なことでもあったのか酒を飲みながら泣いていた。

俺に気づいた冒険者は、涙を拭《ぬぐ》うことはせず、話し掛けてきた。

「なんだい、にいちゃん？」

「聞きたいことがある」

男の前に銀貨を置く。酒場で飲む酒代としては十分な金額だ。

「マルスさん、やっぱりこんな方法じゃ……」

「……何が知りたい？」

「え……」

何か言いたそうな目でシルビアが見てくるけど、これが最も確実な方法だ。多くの人間は金に弱い。特に冒険者みたいな不安定な収入しかない仕事をしているなら、目の前にある金が得られる機会を逃すはずがない。

これは、金さえ持っていれば誰でも使うことのできる魔法だ。金の力は偉大だね。

「オルガっていう名前の冒険者を捜している」

「オルガ？　奴ならそこにいるぜ」

男が示したのは依頼票が貼られた掲示板の前。そこには大剣を背負った俺よりも大きな男、剣と盾を手にした男、胸当てとローブという軽装に弓矢を手にした三人の男たちがいた。誰もが四〇歳手前といったところで、俺やシルビアの父親の世代としては合っている。事前に聞いていたパーティの人数も、そのままだった。

「あの大剣を装備した男がオルガだ」

「情報ありがとう」

謝礼としてもう一枚銀貨を置いてその場を去る。

一人めの聞き込みで分かったおかげで、時間と出費を抑えることができた。

☆　☆　☆

掲示板の前で依頼を吟味していたオルガさんたち三人。

ちょうど昼食にいい時間だったので食事を奢《おご》ることで話に付き合ってもらった。

「嬢ちゃんはラルドの奴の娘なのか！　生まれた頃に話を聞いて顔を見に行ったんだが、覚えてないか？」

「えっと……」

そんな頃を覚えているわけがないだろうが、オルガさんは懐かしそうに話す。

「しかし、本当に奴には似ていないな」

「バカ！　母親に似たんだろう。目元なんかオリビアさんそっくりだ」

「だな。あの人と同じで美人になりそうだ」

「あ、ありがとうございます！」

母親に似ていると言われて上機嫌になるシルビア。オルガさんたちはすっかり思い出話に花を咲かせていた。

「で、何が聞きたい？」

食事を終えると、真剣な眼差しになったオルガさんが尋ねてくる。

「わたしは一昨日に王都へ来てから知ったんですけど、父が犯罪者として追われているそうですね。知っていることがあったら教えてほしいんです」

「やっぱりラルドの奴に関する件か」

「他に用もないだろうからな」

神妙な面持ちになるオルガさんたち。どうやら彼らも一時とはいえパーティを組んでいた相手が犯罪者として追われることになってしまい、真相を知ろうと情報を集めていたようだ。

「まず、お前さんたちはどこまで事情を知っている？」

「ボーバン男爵が宝石を盗まれたこと、警備兵が遭遇した父らしき人物が、魔法道具にも記録されていることは知っています」

「ふむ。なら、これは知っているか？　兵士連中には教えなかった情報さ」

オルガさんたちは、自分たちだけしか知らない情報を持っていた。

「十日前、やけに上機嫌なラルドと王都でバッタリ会った。大金を工面《くめん》しなくちゃいけなくて四苦八苦していたはずなのにな。おかしいと思った俺は話を聞いたんだ。すると、奴は簡単に大金が手に入る仕事を紹介されたとかで、俺が止めるのも聞かずに仕事へ出ていっちまったんだ」

依頼の内容は教えてはもらえなかった。隠さなければならないということは、少なくとも真っ当なものではない。

「そして、次の日には盗みに入られた貴族の私兵が俺たちの所へ押し掛けて、奴の似顔絵を見せられ『こいつに見覚えは？』って聞かれたよ。ああ、やっちまったんだなと、無理やり止めておけば良かったと、後悔したもんだ」

私兵が押し掛けてくるということは、十中八九、ラルドさんは窃盗に携わっているだろう。オルガさんも、貴族連中は気に食わないようだが、立場上強く問い詰められれば情報を吐くしかない。

「そんな……父は、そんなことをするような人じゃ……」

もう何度聞いたか分からないシルビアの言葉だったが、それを否定したのは、意外にも親しかったはずのオルガさんだった。

「嬢ちゃんがラルドの奴をどう評価していたのか知らないが、奴にとって窃盗なんて日常茶飯事だ」

「嘘!? だって、お父さんは真面目な人で……」

「それは結婚して子供が生まれてからの話だ。あいつは子供の頃、盗賊だったんだよ」

オルガさんが語ったラルドさんの過去は、俺ですら驚くべきものだった。

盗賊団の一員である両親の間に生まれ、幼い頃から盗賊の技能を叩き込まれたラルドさんは、いざ実戦というところで、母体の盗賊団が壊滅したそうだ。直接罪を犯したことのなかったラルドさんは釈放されるも、堅気《かたぎ》として生きられるはずもなく、選んだのが冒険者の道だったのだという。

わなわなと震えるシルビアに、フォローのつもりなのか、オルガさんたちは「俺たちはその力に助けられたんだ」と口にした。

盗賊の技能は罠の解除や索敵など、冒険に必須のものが多い。たとえ元は違法集団に与えられた力であっても、ラルドさんは己の正義で、しっかり人々のためになることをしていたのだ。

「知らなかった……」

シルビアの話すラルドさん像は、真面目で融通の利かない、たまに無茶をする家族思いな良き父親だった。きっとそれは間違いではないし、今回の事件だって、悪い方向にその性格が作用してしまっただけなのだ。

「今、どうしているのかは知らない。けど、貴族の追っ手から逃れるために隠れているはずだ。今は見つけない方がいいんだよ」

既に被害はシルビアがその身をもって返済している。だからといって侵入と窃盗の罪は消えていないので、見つかれば投獄は免れない。今の状況でシルビアが見つけることは、ラルドさんにとって不利となる。

「さっき貴族の私兵が似顔絵を持ってきたって言いましたよね」

「ああ」

「それを見ることはできますか？」

「俺たちは持っていない。けど、こっちにならあるぞ」

冒険者ギルドには情報を求める掲示板がある。主にさっき俺がやったみたいに個人間で情報のやり取りをするのではなく、不特定多数の人に対して情報を求める場合に利用する掲示板だ。その掲示板の目立つ場所に手配書が貼られていた。

「これがラルドさんか」

「凄い、この絵、お父さんそっくり……」

「貴族が抱えている【模写】のスキルを持っている奴に描かせた手配書だからな」

手配書に描かれているのは似顔絵。俺は試しに、ペンデュラムを垂らしてみた。

「お……」

それでも十分だったらしくラルドさんの居場所が判明した。

「嬢ちゃん。分かっているな。これ以上ラルドを捜そうとはしてやるな」

「忠告ありがとうございます。それでも、俺たちはラルドさんと会います」

それが最も父娘《おやこ》のためになると、俺はそう考えていたからだ。

第四章

ペンデュラムに導かれ、俺たちは貧民街にある人けのない井戸まで来ていた。水を汲もうとしている、紺のボサボサ髪をした男を見つけた。顔が見える。少し老けて見えるが、手配書通りの男だ。

「――お父さん！」

「シルビア⁉」

その男――ラルドさんは、娘の姿を見て驚愕した。何故ここに、という気持ちが隠しきれていない。王都にいないはずの娘が、隠れている自分を見つけ出したのだから無理もない。

「どうして、こんな場所に？」

「お父さんを捜しに来たに決まっているでしょ⁉　お父さんこそ、こんな所で何やってるの……！」

やはりペンデュラムは優秀だ。方向しか示さなくても、王都にいる限りはそれで十分だった。

ボーバン男爵の私兵たちは、到底人が住める様子ではない廃墟のような家は捜索対象から外していたらしい。だが、元盗賊のラルドさんにとっては関係なかったのだろう。

対象のイメージを必要とするペンデュラムだが、似顔絵で発動条件を満たせたのは僥倖《ぎょうこう》だった。

「本当に、心配したんだから……！」

「すまない……」

抱き付いたシルビアが泣き出し、ラルドさんが頭を撫でて落ち着かせていた。

「お父さんが帰ってこないせいで、お母さん、もっと具合が悪くなったし、リアーナもお母さんから離れられなくなって、仕方なく私が捜しに来たら、犯罪者扱いされてて、それから……！」

安堵感からか、シルビアの言葉が止まらない。とうとう声を詰まらせたシルビアだったが、ラルドさんが首輪に気づき、顔色を変えた。

「これは、奴隷の首輪じゃないか!?　ま、まさか、あの男が……！」

ラルドさんが殺気を含んだ目で俺を睨み付ける。シルビアは慌てて、俺を庇うように立った。

「待って！　マルスさんは私の主人だけど、とってもいい人なの。彼がいてくれたから、私はお父さんの所まで辿り着くことができたし、私はもっと酷い目に遭っていたかもしれないんだから」

「どういうことだ？」

話が長くなりそうだと思ったので、廃墟の家へ入り、道具箱からテーブルとティーセットを出して並べた。

「収納系スキル？　それにしては規格外すぎる……」

さすが、元冒険者だ。道具箱がそんじょそこらの収納リングを超える収納能力を有していることを見抜いてしまった。

「まずは落ち着くことにしましょう」

ティーセットを用いてシルビアが紅茶を淹れてくれる。

「お、美味い」

俺も紅茶を淹れるぐらいはできるが、シルビアが淹れてくれたそれは、全く同じ茶葉と道具を使っているのに飲んだ時の味が違いすぎる。

「ありがとうございます。ちょっとした気遣いができれば、誰でもこれぐらいは淹れられますよ」

「これは娘の特技なんです」

ラルドさんも落ち着いてくれたようなので、事情を説明した。やはり娘が奴隷にされたことはショックだったのか、ラルドさんは天を仰いだ。そして勢いよくテーブルに頭を打ち付け、

「この度は、娘が大変お世話になりました。あなたには返し切れない恩ができてしまいました！」

「頭を上げてください。恩だと思っているのなら、俺は金を貸しただけで、いずれは返済することにしてください」

「どうして、そこまで……」

「そうですね……今、この時のシルビアの笑顔を見るため、ですかね」

俺にはできなかったことを成し遂げた喜び。無事に、父親と生きて再会できるなど、手助けした甲斐《かい》があったというものだ。

「もちろんあなたが娘を購入するために支払った資金はいずれ返したいと考えています。ですが、娘を購入した者があなた以外だったならば、私がこうして娘と再会することもなかった。私が愚かだったんだ。今回の件で、それを学びました」

「どのような事情があろうとも、犯罪には手を染めない方がいい……ですか？」

「……事情を全て、知っているのですね」

真面目な表情のラルドさんが、俺の言葉に首肯した。その姿に、シルビアが歯を強く噛み締めた。

彼女にとっては、たった数日のことだったが、父親の無実を信じていたからこそ奴隷という身分にもギリギリ耐えることができていた。しかし、本人が認めてしまったことで信じていたものが崩

れてしまったのだろう。涙が溢れそうになっている。

「……事情を説明してもらえますか？」

「はい──」

☆　☆　☆

いくらラルドさんが体力に自信があろうと、老いた身では大金の工面など難しかった。不貞腐《ふてくさ》れそうになっていた頃、とある貴族の使いが声を掛けてきたのだという。

「依頼主はボーバン男爵だと、その使いの者は言いました」

「は？」

それはおかしい。被害者と依頼者が同じボーバン男爵ということになる。

「私が依頼されたのは『ある貴族の屋敷から宝石を盗み出してほしい』というものでした」

貴族の名前までは教えられずに屋敷を指定され、その依頼で妻の治療に必要な金貨三〇枚を前金として積まれた。それを持って逃げ去ることも一瞬だけ考えたらしいが、相手は男爵とはいえ貴族であることから、逃げても執拗《しつよう》に追い掛け回されることになると予想し依頼を遂げることを決めた。

決行日。事前に教えられていたようにターゲットの貴族は客を招いてパーティーを開いていた。屋敷にいる人たちの注意がパーティーへ向けられている隙に宝石を盗み出す。そこまでは上手くいっていた。

「全ては罠だったんです」

「狂言ですか」

ラルドさんが頷く。

宝石を盗み出した直後、気づけばボーバン男爵の私兵に囲まれたラルドさん。あまりの手際の良さに驚きながらも、私兵を退けて貧民街へと逃げ込んだ。落ち着けば、自分がどういう状況に置かれているのか分かる。

――ハメられた、と。

「しかし、そんなことをして何がしたいんでしょうか？」

「これでも調べ物は得意です。盗みに入るまでわずかばかり時間があったので盗むよう言われた宝石について調べていました」

ボーバン男爵家は五代前、騎士だった先祖が時の陛下から叙勲《じょくん》されて貴族となった。その時、陛下から下賜《かし》された宝石があった。宝石としての価値はそれほど高くないが、陛下から下賜されたという名誉は、貴族にとって何よりのステータスであった。

最近のボーバン男爵家は落ち目だった。領地運営も上手くいかず、貴族としての生活が長かったせいで優秀だった騎士の力も子孫に受け継がれなかった。

過去の栄光に縋ったボーバン男爵は、ある計画を思い付く。

「不幸にも盗まれた家宝。しかし、優秀なボーバン男爵家は屋敷の外へ持ち出されるのを防いだ」

「なんですか、それ……」

一芝居打つことで、自身が優秀であることを示そうと考えた。なりふり構わず大金を得たいと考えている実行犯も、都合よく見つけることができた。盗み出された直後に自ら犯人を捕らえるだけで計画は完遂できる。

あるいはその時、狂言である情報が漏れることを防ぐため、ラルドさんを始末することも計画されていた可能性がある。ボーバン男爵にとって失敗だったのは、ラルドさんが想像以上に優秀だったことだ。逃げ果《おお》せるのは男爵にとって予想外だった。

「窃盗がボーバン男爵の狂言だって証明できればいいんですけど……」

「それができれば苦労はしないですね」

依頼を受けた時も内密にしたい、ということで、証拠の残る契約を交わしていなかった。

ラルドさんも窃盗によって大金を得た、など記録に残しておきたくなかったため賛同してしまった。よって依頼とボーバン男爵を結び付けることができるような物は残っていない。

「あなたはこれからどうしますか？」

「どう、とは？」

「どうすればいいのか分からないから貧民街に身を潜めていたのでしょう。俺は空間を移動する魔法が使えます。それを使えば移動先は限られてしまいますが、王都から脱出することができます」

【迷宮魔法：転移】を使用すれば、アリスターの近くにある迷宮へ一瞬で帰還することができる。

恐らく王都の全ての門はボーバン男爵の手が回っている。ラルドさんが通常の方法で王都を脱出するのは難しい。

「ですが、王都にいないと分かった場合には、外へ捜索の目が向けられるようになります。そうなると、私は犯罪者として追われ、家族も平穏な生活を送ることができなくなるでしょう」

故郷の家族も巻き込んで逃亡生活を送ることになる。そんなことは受け入れられないだろう。

ラルドさんは廃墟の一角から、革袋を取り出し俺に押し付けてきた。中身は金貨だ。話が本当なら三〇枚。

「このようなお願いをするのは間違っているのかもしれません。ですが、娘を購入した代金の一部は、このお金で返済させてください」

「お、お父さん!?」

「ですがそれでは奥さんが……」

ラルドさんは首を振る。

「どのみち、妻の病気はもう……。私は自首します。そうすればこれ以上、家族に迷惑が掛かることはない。残りはすまないが、シルビア。お前がこの方に仕えて、働いて返してくれないか？」

シルビアは拒否しようとしたが、父の覚悟を目にして、やがて小さく頷いた。それを見たラルドさんは、満足そうに俺に革袋を握らせた。

「いいんですね」

「はい」

ラルドさんの覚悟を受け取った俺は、貧民街を後にすることにした。

☆　☆　☆

「それで、これからどうする？」

陽《ひ》もすっかり落ちた頃、宿屋へ戻った俺たちは食事を摂《と》り、部屋で顔を合わせていた。

「……分かりません」

しばし間を置いたシルビアの答えは、分かりきったものだった。信じていた父が本物の犯罪者であり、もしかするともう二度と会えないかもしれないと諦めざるを得ない事態。貴族相手の窃盗では、最悪処刑もあり得る。

「……出頭は明日だ。朝まで時間もあるんだから、ラルドさんと一緒にいた方が良かったんじゃないのか」

ラルドさんは、心を整理してから詰め所へ出頭すると言っていた。だが、

「いえ、どんな顔をして一緒にいればいいのか分かりませんから……」

「けど、このまま会えなくなると後悔することに……なる……」

ガタンッ、と椅子が倒れる勢いで立ち上がる。俺の中で、警鐘《けいしょう》が鳴っている。

「どうしたの？」

「ラルドさんが襲われている！」

☆　☆　☆

宿を飛び出し、貧民街へ向かう。しかし、シルビアを連れていては手遅れになる可能性が高い。

「仕方ない」

「きゃっ」

シルビアの後ろに回り込み、背中と膝に手を通して抱え上げる。いわゆるお姫様抱っこに、シル

ビアは小さく悲鳴を上げた。

「振り落とされないようにどこでもいいから掴まっていろ」

「は、はいっ！」

恐る恐る俺の首に両手を回してしっかりと掴む。

「行くぞ」

目的地まで最短距離を行く必要がある。目の前にあった建物の屋上まで一足で跳び上がり、屋上を駆け抜け、次の建物の屋上へ跳び移る。人や建物の多い王都では、最短距離で進むためには屋根の上か地下を走る必要がある。驚きながらもシルビアは、話し掛けてきた。

「それで、お父さんが襲われているっていうのは本当なんですか!?」

「ああ……間違いない！」

「根拠は!?」

「ラルドさんが隠れている場所を離れる前に、俺の使い魔をその場に残して常に監視させていた。俺たち以外の誰かにラルドさんの居場所が見つからない保証なんてどこにもなかったからな」

俺たちも魔法道具を使用することでラルドさんの位置を特定した。もしも、本気になった貴族が人捜しのできる魔法道具を手に入れていた場合、いつまでも隠れ続けるのは難しいと判断した。

そこで、貧民街にいても目立たない鼠《ねずみ》型使い魔を待機させておいた。ただし、見た目が鼠なだけで、実際には迷宮にいるサンドラットという名前の魔物だ。

迷宮主には、迷宮の魔物と感覚を同調させて使役する能力がある。見た目重視で呼んだため戦闘能力はなく、できるのは砂を自由に操って相手の目を塞ぐことぐらいで、襲撃犯を撃退するような力はない。

それでも感覚が繋がっているおかげで襲撃を教えてもらうことができたし、襲撃犯から今も逃げ続けているラルドさんの位置を教えてくれている。

「まだ無事なんですか？」

「襲われて傷は負っているみたいだけど、どうにか切り抜けたみたいだ」

ラルドさんは貴族の私兵相手にも逃げられる実力の持ち主だ。逃走の腕だけなら一級品だろう。

だが、襲撃者の方が気になる。サンドラットの視界と同調して見えた姿は、真っ黒なローブに、まったく足音を立てない独特の動きをする人物だ。気配も非常に希薄で捉えどころがない。

監視のサンドラットは二体。一体にはラルドさん、もう一体には襲撃者の方を追うように指示を出してあった。だが、襲撃者の方は既に見失ってしまっており、ラルドさんの方は服にしがみ付いているから位置を把握することができている。

「いた……！」

直後、襲撃者の姿が見つかった。ラルドさんに付いたサンドラットの感覚を通し、今まさに襲われんとしている彼の様子が見えている。

「ようやく追い詰めたぞ」

サンドラットの見聞きしている光景が視界の隅に表示される。声も頭の中で再生されるようになっており、二人の会話も手に取るように分かる。

「も、目的はなんだ？」

「宝石がどこにあるのか喋ってもらおうか？」

「ふん、最初の計画では盗まれるつもりなんかなかったから、本当に盗まれてしまった今の状況は困る……そんなところか？」

「ほう、分かっているのか。お前は主の思惑から外れた。死よりも恐ろしい苦痛を味わいながら眠るといい」

「悪いが、そういうわけにはいかない……！」

ラルドさんの体が壁をすり抜けていく。これこそがラルドさんの持つ切り札【壁抜け】スキル。触れている障害物をすり抜けることができ、密室への出入りが容易になる。ボーバン男爵の屋敷で囲まれた時もこのスキルを駆使して脱出を行ったようだ。

そして、今も追い詰められたフリをしながら脱出の機会を窺っていた。壁は厚く高いため、容易には破壊できない上、跳び越えるのも難しい。

「よし、このままこの場を離れて……」

――ズッ。

「ぐわぁっ⁉」

肩を押さえて振り返る。そこにいたのは、黒装束の襲撃者だった。

「どう、して……⁉」

「簡単な話だ。自分だけが【壁抜け】を使えるとでも思っていたのか？」

壁から出てきた襲撃者によってナイフが投げられる。ラルドさんが転がって避けると、地面に当たって弾かれる。

「お前とは共感できる。私も、このスキルがあるからこそ裏稼業の人間でありながらこうしてチャンスにありつけたのだ」

　恐らく、ラルドさんが壁抜けを使えることは詳しい人間に見られており、同様のスキルを使える裏の人間を雇ったのだろう。

「お前を捜すのは苦労したよ。捕らえたお前の娘を餌に誘《おび》き出そうとすれば、寸前で奇特な者に購入されてしまった。しかも厄介なことに、奴は私よりも強大な力を持っている。化け物じみた人間だよ。だが……奴には感謝しなければな」

　監視されていたなんて気が付かなかった。俺は間抜けにも、ラルドさんの場所まで襲撃者を案内してしまっていたのか……！

「奴は都合よく、お前のそばを離れた。運は俺に向いているようだ」

「はぁ……はぁ……そういうこと、か……」

　顔色が悪いまま蹲《うずくま》っていたラルドさんが、ついに倒れてしまった。出血量からして、異常なダメージだ。恐らく、毒だろう。

「この毒は数分で死に至るが、ここに解毒《げどく》薬もある。薬が欲しいなら宝石の在《あ》り処《か》を言った方がいいぞ」

「こと、わる……アレが、奴の元に戻る、ことが最悪の事態だぁ！」

「そうか」

　口から大量の血を吐き出し、ラルドさんは叫ぶ。もう限界だろう。

「解毒薬が欲しくなったらいつでも言うといい」

　その間にラルドさんの胸元に手を入れ宝石を持っていないか探る。だが、宝石が見つかることはない。

「間に合えっ！」

もうサンドラットと視界を同調させなくても現場を肉眼で視《み》ることができる。上空から聞こえる声に襲撃者が見上げるが、こっちは既に屋根の上を走っている間に準備を終えている。

空中に生み出された魔法の弓には硬く固められた土の矢が引き絞られ、襲撃者がこちらを向く前に【土矢《アースアロー》】を発射する。

「チィッ！」

襲撃者は舌打ちと共に大きく後ろへ跳んでラルドさんから離れる。一瞬前まで立っていた場所には土の矢が突き刺さり地面が抉られる。人間の体など簡単に貫けるだけの威力を持たせていた魔法だ。当たれば必殺だったはず。それも回避されては意味がないが……実はあえて回避させるために声を出してから撃った。

「お父さん……お父さん！」

地面へ着地した直後にシルビアを降ろすと、倒れたまま意識を失いかけていたラルドさんへ駆け寄って必死に呼び掛け始めた。虚《うつ》ろな目がシルビアへ向けられる。彼は必死に耐えていた。

「【回復《ヒール》】！」

倒れたラルドさんへ淡い魔法の光を放つ。光が負傷した体を包み込んで傷を塞いでいく。

「……君か」

「残念だけど、この人を傷付けさせるわけにはいかないんで邪魔させてもらう」

「君には本当に感謝しているよ。私一人だったなら、ここまで辿り着くことはできなかった。どんな方法で見つけたのか気になるところだが、君のおかげで私は依頼を遂行することができた」

改めて対面して言われると舌打ちしたい気持ちにさせられた。

「それに、これだけ早く駆け付けられた、ということは私が襲撃した時点で気づいていたね。何かこっちを監視する手段も持っているようだ」

「だったらどうする？」

「何もしないさ。私は既に仕事を終えている」

襲撃者の輪郭がぼやけていき、次第に夜の闇に溶けるようにしてそこからいなくなってしまう。

『今のは気配を遮断するスキル【闇纏い《やみまとい》】だね。夜みたいに暗い状況じゃないと使えないスキルだけど、隠れられたら気配を探知するスキルでも持っていないと見つけるのは難しいよ』

近くにいないか【気配探知】を使うも、見つけられなかった。

『恐らく、もう近くにはいないだろうね。彼は君のことを〝化け物〟なんて呼ぶほど警戒していた。ああいう手合いは、奇襲しても勝てないと判断したなら早々に退散するよ』

宝石を取り返すことはできなかった。それでも、毒によってラルドさんへ致命傷を与えることには成功したことで最低限の目的は達成したと判断したのだろう。

死人に口なし。このまま事件を闇に葬るつもりだ。

「短剣に、毒が……塗って、あり、ました」

「は、早く治療をお願いします」

シルビアが涙に濡れた瞳で懇願する。

俺も可能なら治療してやりたいのだが、今使った【回復】は、王都へ向かう途中で覚えた素人レベルのものだ。【迷宮魔法】で解毒しようにも、使われた毒が分からなければ、適切な処置が行えない。迷宮であれば【鑑定】もできるが、ここではそれも叶わない。

「とりあえず、これを飲ませて！」

ポーションと、手持ちの解毒薬を飲ませる。だが、体力は回復できても、解毒薬は効果を発揮しなかった。やはりどんな毒か分からなければ……！

このままでは、遠からずラルドさんは力尽きるだろう。せっかく、娘と生きているうちに再会できたというのに、こんな所で離れ離れになるなんてあんまりだ。

「こんな所で、終わるのか……!?」

そんなこと、俺が許さない。焦っていると、迷宮核が呟いた。

『方法がないわけじゃないよ』

「本当か!?」

『けど、かなりの出費になるよ』

「構わない」

ここまでの努力を無駄にするぐらいなら多少の出費は問題ない。するとすぐそばに道具箱が出現し、開けると中には瓶に入った液体が見えた。恐らく薬の類のはずだ。

『それは〝神酒《ネクタル》〟だ。それを飲ませれば、どんなに強力な毒であろうと解毒することができる』

「これって七七階で手に入れた……」

キリング・リビングアーマーと戦って手に入れた財宝だ。すっかり存在を忘れていた。本当に俺は、羅針盤のことしか頭になかったらしい。

「これを飲ませれば助けることができる……！」

「それを下さい！」

シルビアが、俺の呟きに強く反応した。身を乗り出し、神酒に縋ってくる。

そして彼女は、とんでもない言葉を口にしてしまった。

「その薬が貰えるなら、わたしはどうなっても構いません！　ううん、一生を奴隷として捧げるつもりです！　だから、お父さんを……！」

「分かった！　分かったから……」

縋るシルビアを押し退けて神酒を飲ませる。口の隙間から流された神酒を嚥下《えんげ》した瞬間、真っ青だったラルドさんの顔色が見る見る良くなっていき、落ち着いた寝息を立て始めた。

素人判断だが、どうやら解毒には成功したらしい。

「良かった……」

安堵からか、シルビアは地面にへたりこんだ。俺もほっと胸を撫で下ろす。

――さて。

「問題はこっちだな……」

「あの――」

「分かっている」

俺とシルビアにだけ見える、眼前に現れた半透明な板。そこに表示された文は無視できなかった。

――主マルス　眷属シルビア

眷属契約が成立しました。

眷属契約。迷宮主に与えられた権限の一つで、他者と契約を交わすことによって命令に絶対服従しなければならない【迷宮眷属《ダンジョンサーヴァント》】へと変えることができる。

奴隷のような存在だが、その性質は全く異なる。奴隷は主人が、苦痛でもって意思を押さえ込み、服従させる。当然、心までは支配できないので、反抗もあり得る。

対して迷宮眷属は、如何なる命令も心の底から遂行しよう、と眷属の意思を書き換えてしまう。

眷属は奴隷とは違い、主に仕えるための条件の提示と履行という両者の合意により契約が結ばれる。本来なら異なるものを、迷宮のシステムは大雑把らしく、似たものだと判断してしまった。

困惑するシルビアに、

『さっきの言葉を思い出してみるといいよ』

「誰!?」

迷宮核が語り掛け、シルビアは何もない虚空に向けて警戒した。

迷宮眷属となったことで迷宮との間に繋がりができて、迷宮核の声も聞こえるようになったのか。

『今のところ僕のことは、君たちのサポート役だとでも思ってくれればいい。それよりも現状について把握する方が先じゃないかな』

さて、神酒を前に、シルビアはなんと言ったか。

――その薬が貰えるなら、わたしはどうなっても構いません！　ううん、一生を奴隷として捧げるつもりです！

その言葉は、逆に捉えるなら『薬が貰えれば仕える』と言っているようにも聞こえる。そうして、俺がラルドさんへ薬を飲ませたことで眷属になるための条件を満たしたことになった。

「あの……その、眷属って、何が起こるんですか？」

『一つに、主の命令には絶対服従になる。それこそ首輪なんて優しいものじゃない。君は主の命じたことを、心から喜ぶようになるんだ』

「……構いません。お父さんの命を救ってくれた恩に報いることができるなら、わたしの人生ぐらいは安いものです」

「あのな……」

まあ実際は、命令権を悪用したりはしないし、使うにしたって彼女の尊厳は守るつもりだ。

「けど、眷属になる前に、やらないといけないことがあります」

『さっきの襲撃者と、ボーバン男爵の件だね』

シルビアが頷く。わざわざ外部のプロフェッショナルを雇ってまで、ラルドさんを消そうとするくらいだ。この先王都から逃げたところで、地の果てまで追い掛けてくることは想像に難くない。

本当の意味で家族の安全が欲しいのなら、戦わなければならない。

「襲撃者の奴らの所へ行くつもりか？」

「はい。ですので、お父さんの居場所を突き止めた魔法道具を貸してください」

「そうか……」

俺はペンデュラムを取り出し、自分で襲撃者を捜してみた。たった一度姿を見ただけでも、捜すのに支障はない。どうやら敵は、貴族街の方へ移動しているらしい。これで、ペンデュラムを使えば追うのが容易だと分かった。だからこそ、彼女には使わせられない。

「命令だ――【ラルドさんを襲撃した相手を追うことを禁止する】」

「なっ⁉」

シルビアはその言葉に固まってしまった。今、彼女は命令違反を犯せば二重苦に苛《さいな》まれる。首輪による肉体の苦痛と、意思が塗り替えられる精神の苦痛だ。

「どうして……」

「ん？」

「どうして、こんな酷いことするんですか⁉」

酷いこと、か……。父親を殺されかけた娘として敵討《かたき》ちに行きたいんだろうが、今のまま行かせるわけにはいかない。

「追ってどうする？　敵はプロだ。お前のステータスじゃあ、絶対に敵わないぞ」

見せびらかすように一枚のカードをわざと見せつける。

「そ、それ……わたしのステータスカードじゃないですか⁉」

身分証も兼ねているんだから持っていないことまで忘れたらいけないだろ。ま、失くしたのは奴隷になった時で、その時は没収されたことを気にしているような状況じゃなかったし、その後も色々とあったから忘れてしまうのも無理はないが。

「奴隷には必要のない物だろ。だからこれは、俺が持っておくとして……」

奴隷はカードの新規発行もできない。それに、通常は主人が管理する物で、カードが必要になる場面などない。シルビアのステータスはどれも平凡な、村娘という数値だった。レベルは3で、他の数値も軒並み低い。唯一、牧場で働いていたおかげか、体力だけは50近い。全体的に、冒険者になる前の俺よりも低い数値だった。

だがどのみち、こんな状態で暗殺者と対峙すれば、万が一すらなく殺されるだけだ。

「じゃあ、どうすればいいの⁉　お父さんが生きていることを知れば、また襲い掛かってくるかもしれないのに……！」

「奴を倒すだけなら簡単だ。俺から逃げ切ることはできないんだから、俺が倒せばいい」

さっきはラルドさんの治療を優先させなければならないから逃がしたが、手加減なしに戦えば倒すことができると確信していた。ただし、それはしない。

「けど、それでお前は満足できるのか？」

少なくとも俺は自分の手で村長に責任を取らせたいと考えた。アリスター伯爵に直訴して色々と調べてもらえば、あの村長なら黒い部分が必ず見つかる。そこから追及していけば罪に問うのは難しくない。けれども、そんな簡単な解決は、俺が望まなかった。

「勘違いするな。奴らの所へ行くなら、準備してから行った方がいいっていう意味だ」

もう一度シルビアのステータスカードに触れる。先ほど見せた数値やスキルは全て俺が【偽装】したもの。本当の数値は、全く違う。

「さっき、眷属は主に絶対服従だと聞いたな。もう一つの特性も、なんとなく把握できているんじゃないのか？」

「……『眷属は主と運命を共にする』」

主が死ねば眷属も死ぬ。眷属は、だからこそ主を必死に守ろうとする。一見すれば、眷属側になんの得もないデメリット。しかし、ただそれだけでは、もちろんない。

「眷属は主を守るもの。そして眷属には、主を守れるだけの力が与えられる」

俺は、【偽装】を解いたステータスカードを、シルビアへ見せた。

「え？　な、何かの間違いじゃあ……！」


＝＝＝＝＝＝＝＝＝＝＝＝＝＝＝＝＝＝＝＝

名前：シルビア　年齢：十五歳　職業：迷宮眷属　奴隷　性別：女

レベル：3　体力：1278（48）　筋力：1422（22）　敏捷：1361（31）

魔力：1699（19）

スキル：【迷宮適応】【双刃術《そうじん》】【壁抜け】【探知】【迷宮同調】　適性魔法：【迷宮魔法】

＝＝＝＝＝＝＝＝＝＝＝＝＝＝＝＝＝＝＝＝

レベルは全く変動していない。しかし、ステータスの数値が異常に高くなっていた。

「これって……！」

併記されているのが本来のステータスだ。俺のステータスの一割が反映され、数十倍以上に膨れ上がった数値を見て、シルビアは目を見開いて驚いていた。

さらには彼女本来の素質であろう、種々のスキルも解放されている。恐らく、ラルドさんの才能も受け継いでいるのだろう。

少なくともステータスだけなら、あの暗殺者を完全に上回っている。戦いの素人であっても、互角の勝負は望めるはずだ。

「今夜中に決着を付けるぞ」

「……はい！」

☆　☆　☆

貴族街。立ち並ぶ屋敷の門の前に、昼も夜もなく立つ私兵たち。彼らとて人間であるので、気が抜ける瞬間はある。今まさに、俺たちの接近を許したように。

「……うん？」

「『ボーバン男爵に告げる。貴君が雇った者が、貧民街である人物を殺害した。速やかに引き渡しに応じなければ、匿《かくま》っているとみなし、貴君も罪に問われることになるため注意されたし』」

「なっ!?　何をしている！」

【迷宮魔法】の一種を使い、声を増幅・指向性を持たせ、屋敷の中に確実に届くようにした。逆に、周囲の屋敷には一切の音が届いていないため、焦っているのはボーバン男爵家の門番だけ、ということになる。

「おい、やめろ！　こんな夜中に……」

「こちらの要求はさっきの言葉通りです。彼女の父は、ボーバン男爵に雇われた暗殺者に殺されました。これは貴族の横暴、立派な罪です。騎士団へ引き渡すので、ここへ連れてきてください」

殺しかけた、だと締まらないので、少しばかり盛っておいた。

「……そんな男はいない」

答えるまでの妙な間。間違いなく、この門番は、暗殺者を知っている。

「ここは貴族の邸宅だ。踏み入れれば罪に問われる。だからやめておけ。大体――」

「では言葉を変えましょう。暗殺者は、懸賞金が懸けられている可能性がある。俺たちは冒険者として、懸賞金狙いでそいつを捕まえますよ。いやぁ、楽しみだ。いくらになるだろうか」

情に訴え掛けようとしていた門番は、話の通じなさそうな俺を見て、無駄だと悟ったようだ。

「それに、暗殺者は二階の……一番奥の部屋にいるんでしょう？」

「なっ!? 何故……」

慌てて口を噤んでも遅い。俺はさり気なく持っていたペンデュラムを、門番にも見えるように翳《かざ》してやった。ペンデュラムの先端はずっと、二階の一点を指している。

すると、急にペンデュラムは右へ円を描くように、どんどん俺の後ろへ方向を変えていき――、

――キィンッ!!

甲高い金属音。夜の闇に火花が散る。

「クッ……！」

奇襲が失敗に終わったことを悟った襲撃者が後ろへ跳び距離を取る。どうやらスキルを使って、俺たちの背後を取ろうとしたようだ。しかし、ペンデュラムの探知からは逃れられない。

いやそれよりも、驚愕を浮かべている理由は別にあるだろう。

「まさか……君のような小娘に受け止められるとは。さっき見た時とは雰囲気が違うじゃないか」

暗殺者の持つ大振りなナイフは、シルビアの両手の短剣によって弾かれていた。

「身なりを整えただけではないだろうが、持っている物は一級品だな。魔力による強化も付与された武器に、各種耐性を備えた衣服か……」

シルビアは今、元から着ていた服に、俺が強化を施した上着を羽織っている。もちろん武器も俺が渡した物だ。暗殺者は『一級品』と言ったが、少し違う。

『超・一級品』なのだ。

「あなたの相手はわたしよ」

短剣を構えるシルビアの姿を見て、暗殺者が呆れたように息を吐いた。

「強い武器を手にした程度で、歴然たる力の差を埋められると？　構えの素人感も、隠せてすらない」

いくら装備が超一級品でも、それがシルビアの戦闘技能を上げてくれるわけではない。見よう見まねでそれっぽい構えを取るシルビアに、暗殺者も失笑している。

「デイビス殿、これはなんの騒ぎですか！　あまりご面倒を起こされては……」

デイビスと呼ばれた暗殺者の男が、警戒はシルビアへ向けたまま、門番へ反論する。

「これは異なことを言いますね。私はボーバン男爵に雇われた護衛として、あのような妄言を吐く者を排除しに参った次第です」

デイビスの視線が俺の手元へと向けられる。ペンデュラムはずっとデイビスを捉えている。

「どうやら、彼から逃げることは不可能なようだ」

「は？　だから、何を……」

門番の間抜けな呟きと同時に、デイビスは溶けるように姿を消した。また【闇纏い】を使ったのだ。読んで字の如く闇を纏い、姿を紛れさせるスキル。周囲の闇が深ければ深いほど、その力も増す。今は深夜。力を発揮するには最高の時間だ。

だが、襲撃のタイミングを誤ったとは思わない。俺には迷宮核のサポートがあるし、絶対に負けないという自信がある。

物陰からの襲撃を防ぐべく、門番を振り切り、屋敷の広い庭へ出る。周囲は何もない。警戒する。とはいえ、俺はあくまでサポート役であって、直接手を下したりはしない。

これはシルビアの戦いだ。

「そこ」

「ぐぇ！」

闇に隠れているにも拘らず、接近したところをシルビアに蹴られたデイビスが転がる。

「何故、私の位置が分かった!?」

「何故って……魔法の力？」

「ふざけているのか!?」

本人も詳しく分かっておらず首を傾げてしまったことで、馬鹿にされたと思ったデイビスが憤る。

一応彼女の名誉のために言っておくと、これは本人が分かっていないのも仕方ない。迷宮主である俺と違い、眷属であるシルビアは、【迷宮魔法】の適性にも得手不得手がある。

父の盗賊の才を不覚にも受け継ぎ得意なスキルとして発現させていたシルビアは、最初から発現していた【探知】を無意識で使いこなせるようになっていた。

ペンデュラムを見ずとも、背後からの襲撃を察知できるのもそういうことだ。

「こ、こんなことがあっていいはずがない……！」

【闇纏い】はデイビスの暗殺者としての自信だったのだろう。暗殺には便利な能力であるし、必殺のパターンも編み出していたのかもしれない。だが、それら全ては、俺たちの前には無駄な足掻《あが》きと化す。

「シルビア」

「分かっています」

闇を纏ったデイビスだったが、完全に気配を消すような真似はせず、微《かす》かな気配だけを漂わせながらシルビアの方へ一直線に向かっている。いや、一直線というのは正しくない。気配が前後左右一メートルぐらいに揺れながら迫ってくる。

完全に消してしまうのではなく、薄めることで位置を正確に捉えられるのを防いでいるのだろう。ただし、俺たちには通用しない。正確な位置を捉えているシルビアが、襲い掛かってきたデイビスのナイフを二本とも受け流し、逸らしたところで自分の短剣を振る。

デイビスも持ち前の敏捷と経験を活かしてギリギリのところで回避して反撃に転じようとする。が、かわしたはずの刃に斬られ、頬を流れる血を見た瞬間に焦りを見せた。

「馬鹿な……確かに回避したはずなのに……」

「まだまだ扱いが難しいかな」

デイビスの頬を斬ったシルビアは短剣の状態を確認していた。

彼女に与えた短剣には、魔力を流すことによって伸縮自在な不可視の刃を生み出すことができる能力が備わっている。優れた動体視力を過信しているが故にギリギリで回避してしまい、近くで伸びる刃になど気が付けなかったのだろう。

「一体、何をした？　昼に見た時は間違いなく、脆弱《ぜいじゃく》なステータスだったはずだ。動きも素人、こんな風に戦えるはずがない」

「わたしもビックリ」

「それは惚けているのか……？」

それは違う。シルビアは本当に、自分の力に驚いているのだ。

ほんの一時間前に手に入れた力だ。デイビスが知る由もない。そしてこれだけ滅茶苦茶な動きで戦えているのは、二本の刃物を持った際に能力に補正を掛ける【双刃術】のスキルの効果だ。両手に短剣を持つ限り、彼女の技量は達人のそれなのである。

「君か……どうやら、他者にも力を与えられるみたいだな」

デイビスの目が俺へと向けられた。俺は惚けてみせる。

直後、デイビスは【闇纏い】を発動させ、囮《おとり》らしき気配をその場に残し、本体は完全に気配を消して撤退した。だが、屋敷の境界線で、デイビスは無様に転んだ。

「申し訳ないけど、それ以上進まれると困るんだ」

「ぐぅ……！」

まだ分かっていないようだが、俺たちに【闇纏い】は効かない。指先から出した極細の糸で、デイビスの足を絡め取り、動けなくする。なおも這って逃げようとするデイビスに、シルビアは、

「逃がすわけ、ないでしょ！」

【迷宮魔法】で作り出した、麻痺毒がたっぷり塗られたナイフを投擲し、背中に刺した。防具も

あって致命傷には程遠いが、これでデイビスは完全に動けない。

誰か助けに入る前に、シルビアはデイビスに近付き、背中から短剣を抜いた。

「で、こいつはどうするんだ？」

「事前の取り決め通りで構いません」

シルビアにとって、目の前の男は父の尊厳を貶《おとし》め、自分を奴隷に落とし、さらに命まで奪おうとした憎き相手だ。たとえ依頼を受けただけだとしても、許せるものではない。

そしてシルビアは、

「わたしの個人的な恨みを晴らすより、優先させなければならないことがありますから」

そう言って、剣をしまった。

麻痺毒で喋ることもできず、ただ睨んでくるだけのデイビスが逃げ出せないよう、頑丈なロープを取り出して手足を拘束しておく。

これでシルビアの出番は終わりだ。ここから先は俺の仕事だ。

「ええい、何をしているお前たち！　さっさと、そこにいる不届き者を排除せよ！」

怒鳴り声を上げながら小太りな男がぞろぞろと兵士を引き連れ屋敷から出てきた。

趣味の悪い宝石で指や服を飾った男は、普段贅を尽くしていることが分かる醜い腹を揺らしながら、兵士たちに俺たちを捕らえるよう檄を飛ばしている。

だが、デイビスが拘束され、俺たちがまったくの無傷なのを見て、兵士たちは戦意を喪失していた。

その判断は間違っていない。所詮《しょせん》、金で雇われた私兵だ。命が惜しいのに、誰が好きこのんで尊敬もしていない主人のために命を張るだろうか。

「ええい、お前たちだけでも行け！」

辛《かろ》うじて俺たちの戦いを見ておらず、状況を把握しきれていない四人の兵士が駆けてくる。

「まったく……馬鹿な連中だ」

俺も駆け出すが、兵士たちを素通りし、一瞬でボーバン男爵の背後を取った。

「へ？」

兵士たちでさえ目で追えない俺の速度。この場でそれができたのは、シルビアくらいだろう。首元にナイフを突き付けた俺は、低い声で、

「動くな」

と威圧した。

「ひぃっ……」

急に凶器を突き付けられたボーバン男爵は小さく呻くだけで何もできない。こいつは、先祖の功績に縋るだけで何もできない傲慢な貴族だ。本物の危機に晒されたなら委縮するだけになる。

「お、お前たち……！」

そうなれば頼れるのは護衛だけ。だが、主の危機だからこそ、護衛たちは下手な動きができないでいる。ジリジリと牽制しながら機を窺っているようだが、この状況になってしまった時点で終わったも同然だ。

「全員動くな！　動いた瞬間にこいつの首を斬り落とす」

「う、動くんじゃないぞ！」

ボーバン男爵は命令を翻し、兵士たちもそれに従った。これでゆっくりと話ができる。

「も、目的は、なん……なんなんだ？」

「聞きたいことが三つある」

「聞きたいことだと⁉　金ではないのか……？」

没落寸前の貴族らしい、浅はかな考えだ。

無能な息子に当主を継がせてしまった親の罪といったところか。

「こちらの質問に正直に答えてくれたなら解放してやる。ただし、一つでも嘘を吐いたなら……」

「わ、分かっている！」

「そこで寝かされている男は、あんたが雇った暗殺者で間違いないか？」

「そ、そうだ。こいつは、裏社会の者から紹介を受けて雇った。実力はある、という触れ込みだったのに、くそっ……！」

「余計なことは言わなくていい」

本来ならデイビスは暗殺者として優秀なはずだったのだろう。今回は相手が悪かったな。

「次の質問。功績が欲しいあんたは、無実の適当な人間を賊に仕立て上げることを思い付いた。そうだな？」

「あの平民のことか……。その通りだ。だが、私を無能だと吹聴する者共に分からせてやるには、手っ取り早い功績が必要だっただけで……」

「そこまでは聞いていない」

無能さを笑われ、何か覚えの良い功績を挙げようと必死になった結果、ラルドさんに白羽の矢が立ってしまった。

だが、そんな状況を招いたのは、男爵の自業自得だ。自堕落な生活で名誉と力を失ったことが、そもそもの原因なのだと本人が分かっていないようだ。

「最後の質問だ。国王陛下から先祖が下賜された宝石を盗み出したのは、そこで倒れている暗殺者のデイビスか？」

「え……？」

事実とはまったく異なる質問。ボーバン男爵とデイビスの目が戸惑いから点になる。俺はあえて、デイビスの職業まで口に出して強調した。

「そこにいる暗殺者デイビスは、欲に目が眩んで雇われている屋敷から宝石を盗み出した。雇った人間に宝石が盗まれるなんて恥に思ったあんたは、適当な人間を犯人に仕立て上げることを思い付いた。これが俺の推理だ」

「そ、それは……ぐぅ……っ」

突き付けるナイフに力を籠め、余計な発言を封殺する。

事実とは異なろうが、認めなければ突き刺すと思い知らせる。

「……そ、その通りだ！」

「ご苦労」

ボーバン男爵を突き飛ばして解放する。俺の欲しかった言葉は得られた。

「何をしている!?　すぐにこいつを――」

それより先の命令は口にできなかった。

糸の切れた人形のように、ボーバン男爵は地面へ倒れ伏す。異常を目《ま》の当たりにした兵士は慌てて駆け寄るが、彼らも次々と倒れていった。

【迷宮魔法：麻痺《パラライズ》】。デイビスに使った、動きを封じる程度の麻痺毒よりずっと強力な効果があり、少なくとも朝になるまで彼らが目を覚ますことはない。

最高級の解毒薬でもあれば話は別だが、そんな物、男爵が用意することはできないはずだ。

見れば、ボーバン男爵は痙攣しつつも辛うじて意識を保っていた。それもすぐに落ちることだろう。蓄えた脂肪のおかげで毒の回りが遅いのかもしれない。

「安心してくれていい。麻痺毒といっても後遺症はないし、死にもしない。朝まで動くことはできないだろうけど」

「な、にが……目的だ！」

意地で最後の言葉を振り絞ったボーバン男爵の前に屈み込む。

「いずれにせよ朝には分かる。それまで、真っ暗な中で怯えているといい」

俺の言葉に顔を引きつらせた後、ボーバン男爵は気絶してしまった。一応呼吸も確かめるが、死んではいないらしい。

「さて、待たせたな。お前にも相応の報いを受けさせてやるから、覚悟しておけよ」

男たちの倒れる異様な光景を後に、俺はデイビスを担ぎ上げ、騎士の詰め所へと向かった。

☆　☆　☆

太陽が昇りきる頃、貴族街のとある屋敷の庭に、一台の馬車が停まっていた。いつもなら旅の途上でも贅を尽くすべく、大量の荷物を積んだ馬車が追走するが、今回はそれもない。

「まったく、何故私が、逃げなければならんのだ!!」

馬車の中で吠えるのはでっぷり肥えた男――ボーバンだった。

昨夜の屈辱的な扱いを思い出し、ボーバンはますます憤った。

平民の冒険者らしき二人組に屋敷を襲撃された。幸いにして怪我はなかったものの、高い金を出して雇った暗殺者はあっさり倒され、刃物を突き付けて脅され、おまけに毒で体を麻痺させられてしまった。すぐに使用人たちが屋敷内へ運び込んだため、地面の上で朝を迎えるようなことはなかったが、恐怖は明確に残った。

そこで、朝になって急に領地の様子を見に行くと喚き立て、急ぎ馬車の準備をさせたのだ。

もちろん、その様子を見た使用人も、護衛として任命された私兵たちも、誰もが昨夜の出来事から、彼が命惜しさに王都を離れたがっていることは理解していた。普段から遊び惚けてばかりで領地のことなど気にしていない男爵が、この時に限って真面目に領地経営を考えるはずもない。

「私が男爵だからと舐《な》めおって……！　ボーバン家の力を使って奴らを捜し出し、然《しか》るべき報いを受けさせてやらなければな！」

襲撃してきた二人組のうち、男の方は素性は知れないが、女の方は、賊に仕立て上げようとした男の家族だと報告を受けている。

好都合なのは、男の故郷は既に割れていることだ。すぐに適当な理由をでっち上げて、故郷にいるらしい妻と、末の娘を奴隷として買い入れれば、気も晴れることだろう。

平民など貴族の権力でどうとでもなる。現にこれまでもそうして、無理を通してきたのだ。

これから行おうとしている非道に思いを馳せ、ボーバンは愉悦に顔を歪めた。

救いようのないクズ。それが、ボーバンに仕える者からの、彼への評価であるとも知らず。

「旦那様。荷物の積み込みが終わりました」

「ああ。急ぎ、領地へ帰ることにしよう」

「かしこまりました」

報告をするのは、男爵家に古くから仕える執事だ。彼は男爵が幼い頃、将来は父や先祖のような高名な武人になるのでは、と期待していた。

ところが、当の本人はあっさりと重圧に打ち負け、自分を甘やかして堕落することだけを覚えてしまった。醜くなっていく姿に失望しつつも、それでもいつかは、と希望を持っていたのだが……。

ボーバンは、今回の一件で踏み越えてはいけないラインを越えてしまった。

こうなればもはや、彼に従う理由は、高齢で雇い口のない自分に給金を出してくれること以外に存在しない。

仮に次代があるのなら、教育に失敗しないよう願うだけだ。

暗澹《あんたん》たる思いで馬車に乗り込み、御者へ出発を命じた執事だったが、残念ながらその願いが叶うことは永久になかった。

走り出したばかりの馬車が急停止し、ボーバンは前につんのめった。

「な、なんだ!?」

窓から顔を出したボーバンは驚愕に目を見開いた。

馬車を囲む大勢の騎士。普段は貴族の自分を守り、命令されるのを待つ立場の者たちが、どういう訳かこちらへ敵意を向けている。

その顔ぶれの中に、一人の見知った人物を見つけ、ボーバンは馬車を降りた。

「お、おお、ウェイン子爵ではありませんか！　一体、これはどうしたことですかな？」

「それは、こちらのセリフでもある。急いでどこへ行こうとしていたんだ？」

「急務にて、我が領地へ戻る必要がありまして。申し訳ありませんが、ご退去願えますかな」

ウェイン子爵とは最低限の付き合いはあったが、彼は若々しく有能な人物で、見ていると惨めな気分にさせられる。爵位が上であることを除いても、目障り極まりなかった。

そしてウェイン子爵もまた、ボーバンのことは愚かな跡継ぎだと、嫌悪感すら抱いていた。

「まあ、いい。王都を出ていく前にケリがつけられたみたいで良かった」

「何を……」

戸惑うボーバン男爵に騎士の槍が突き付けられる。

一瞬遅れて状況を理解したボーバンは、騎士たちへ向け怒鳴った。

「貴様ら、どういうつもりだ!?　男爵である私に武器を向けるなど、不敬であるぞ！」

「残念ながら、君はもう貴族ではない」

「どういう……!?」

言葉を遮るように、書状が突き付けられる。

内容を読んだボーバンは、あまりの衝撃に言葉を失った。

国王陛下の署名と押印がされた書状には、ボーバンの爵位を剥奪する旨が記されていた。

何度見ても、本物だ。

「なっ……！　何かの間違いだ！」

「間違いなどではない。陛下の署名まであるだろう。聞けば、過去に下賜された家宝の宝石を、賊に盗まれたそうじゃないか」

「え、えぇ……。ですが、必ず取り戻してみせます」

「その必要はない」

ウェイン子爵の隣に箱を持った騎士が立った。箱の中には、盗まれたはずの宝石が入っていた。

「このように、宝石は既に戻ってきている」

「お、おぉ……！　取り戻してくれたのですね。ありがとうございます」

宝石を手にしようと箱へと手を伸ばす。しかし、騎士が引いてしまったため宝石を手にすることはできなかった。

「こ、これは、どういうことですかな？」

「宝石は既にボーバン家の物。それがどうなろうと、陛下は気にはなさらなかった。だが、あのお方は先祖の誇りを汚したことに、大変ご立腹なされている。盗み自体が狂言であったとあっては、それも仕方ないだろうが」

「な、何を言って……」

ボーバンが困惑していると、

『そこで寝かされている男は、あんたが雇った暗殺者で間違いないか？』

『そ、そうだ』

『……暗殺者デイビスは、欲に目が眩んで雇われている屋敷から宝石を盗み出した。雇った人間に宝石が盗まれるなんて恥に思った男爵は適当な人間を犯人に仕立て上げることを思い付いた』

『……そ、その通りだ！』

「え……？」

若い男の声と自分の声が庭に響いた。昨夜の忌々しい記憶が蘇る。あの時、刃物を突き付けられて、事実とは違うことを無理やり言わされたのだ。

声の主を捜すと、どうやらそれは、別の騎士が見せている木箱から放たれたものらしかった。

「これは、ある冒険者が提供してくれた魔法道具で、音を記録する効果を持っている。ここには、君の声で盗難が狂言だったという証言が記録されている」

「ま、待ってください……！　このような声を証拠として信用するのですか⁉」

「これだけではない。この記録に出てきた、犯人である暗殺者の身柄も既に押さえている。そして暗殺者は、君が雇ったことも記録にある」

事ここに至り、ボーバンは自分が嵌められたことに気が付いた。

わなわなと怒りと屈辱に身を震わせるが、時既に遅し。

「クソッ……！」

☆　☆　☆

一連の流れを見ていた俺は、目論見《もくろみ》が成功したことにほくそ笑んでいた。

これでラルドさんの罪は全てデイビスとボーバンに背負わせ、ラルドさんは晴れて放免となる。もう追っ手に怯える必要もないだろう。

騎士たちに拘束されながらも暴れるボーバンは、やがて諦めたようで大人しくなった。

連行され、護送用の馬車に向けて歩くボーバン。その表情は、とても武人として名を挙げた男爵家の、末裔《まつえい》とは思えないものだった。

爵位を剥奪されたボーバンはこれから、罪人として一生を送るだろう。処刑はされないまでも、犯した罪の重さを考えれば、真っ当な生活に戻れることはもはやない。

「これでいいかな？」

ウェイン子爵が、騎士の輪の外で見ていた俺たちに近付いてきた。俺は頷き、礼を述べた。

「はい、ありがとうございます」

「お礼を言われるようなことではない。貴族には、貴族としての義務がある。それを怠った者はもはや貴族とは呼べない、膿《うみ》のようなものだ。今回のように切っ掛けさえ得られたのなら、排除してしまいたい、と陛下は常々考えておられる」

貴族は平民と違い、労働の対価ではなく家督《かとく》に対して年金が支払われている。

国に貢献もせず、年金だけ食い潰す爵位だけの貴族は大勢おり、それらが国庫を圧迫することで、結果として平民が蔑《ないがし》ろにされてしまう。それは、陛下も望まぬことなのだろう。

「あの、ボーバンの治めていた領地はどうなるんでしょうか？」

代々そこを故郷としている人もいるはずだ。急に故郷がなくなってしまったりすれば、戸惑うことだろう。

「彼が治めていた領地には国から代官が派遣される。名前はそのままに、国の直轄地《ちょっかつち》として営まれることとなる」

「それは、良かったです」

罪のない領民にまで被害が及ぶのは本意ではない。

馬車に乗り込む寸前、ボーバンと目が合った。みるみる顔を真っ赤にしたボーバンが叫ぶ。

「貴様……！　その冒険者に買収されたなっ⁉　き、貴族の面汚しめぇ！」

「……連れていけ」

どの口が言うか、と失笑しそうになるが、ウェイン子爵にも後ろめたいものがないわけではない。

発言に間があったのも、実際に俺から賄賂《わいろ》を受け取っていたからだった。決して安くはない金額だったが、子爵レベルの貴族を動かせたことを思えば安いぐらいだ。

「君たちはこれからどうする？」

「アリスターへ帰りますよ。伯爵へ手紙も届けなければなりませんからね」

「では、やはり今のうちに渡しておいた方がいいな」

ウェイン子爵から重たい革袋を渡される。中を確認してみると、金貨が詰まっていた。

「もしかして報酬ですか？　こちらの都合で動いてもらったんですから、報酬をいただくわけにはいきませんよ」

「報酬は報酬でも、ボーバンを突き出してくれたことへの報酬ではない」

「では、なんの？」

「そちらのお嬢さんが奴隷となった経緯だ。彼女が罪を犯したわけでもないし、家族も無罪となったのだから、平民を勝手に奴隷にしたことになる。それは明確な違法行為であるし、違法な売買契約は無効にすべきなのだ」

ああ、そういうことか。

改めて袋の中に目を落とす。この中には俺が、シルビアを買った金額が入っているのだ。

「それから……暗殺者の男の懸賞金だ」

ウェイン子爵は別の袋を取り出した。

「え、本当に懸けられてたんですか⁉」

懸賞金の話は、体よく門番をかわすための俺のでまかせだったのだが……。

「奴は貴族相手の暗殺も引き受けていた。貴族を敵に回せば、莫大な懸賞金が懸けられることもある。捕らえた者には金貨五〇枚。金額からして、複数の貴族から恨みを持たれていたようだ。暗殺者を捕らえた君たちに、懸賞金を受け取る権利がある」

「いいんですか？　というより、俺たちこんなの知らなかったし、貰えなくてもたぶん、何も言いませんでしたけど……」

子爵相手に失礼な話ではあるが、俺は素直に疑問を口にした。

「これも貴族の義務だ。だから、この金は私が受け取ってはならないんだよ」

「そういうことなら」

懸賞金の入った革袋はありがたくいただいて、そっくりそのままシルビアに渡した。

「え……」

渡されたシルビアは、どうして自分の手に大金が回ってきたのか分からずにいた。

困惑しながら、俺と金貨を交互に見る。

「デイビスを倒したのは君だろ」

「でも、それはマルスさんがいてくれたからで……」

「関係ない。一人で戦ったのは事実だし、それに……お母さんのために、お金が必要なんだろ」

大金が行ったり来たりしているが、今、シルビアの手元には大事なお金が残されていない。

彼女の母を救うための、ラルドさんが本来求めていたお金が。

「受け取っておけ。俺のことは気にしなくていい」

「はい……！」

涙を零し、シルビアは大切に革袋を抱きしめた。これで一件落着……だよな。

事の成り行きを見守っていたラルドさんが、ボーバンがいなくなったのでようやく顔を見せた。

浮き立つ娘とは逆に、ラルドさんは心配そうだ。

「しかし、本当にこのようなことをしてもいいのでしょうか？」

まあ確かに、事実を捻じ曲げたり、罪を揉《も》み消したり、かなり無茶はしているしな。

いくら子爵を味方に付けたとしても、それが罪だと問われれば、否定はできない。

「安心していい。ボーバンの堕落っぷりは陛下も知るところであるし、何より奴は明確に罪を犯している。誰も疑うことはないさ。暗殺者にしても、多少の減刑と引き換えに、自分の仕業だという自白をさせている」

「げ、減刑ですか……」

ウェイン子爵の話では、デイビスはむしろ、俺を恐れて外に出たがらないらしい。取引にも素直に応じたようだ。だが、一度命を狙われているラルドさんは気が気じゃないようだった。

それを見たウェイン子爵は、「本当に少しばかりだよ」と笑った。

恐らく、少々末路が変わる程度の減刑でしかないのだろう。

「さて……それじゃあ、そろそろ行こうか」

☆　☆　☆

王都を離れた俺は、アリスターへ帰る前に、シルビアの故郷であるレミルス村へ寄り道することにした。デイトンを思わせる小さな村だが、牧歌的で、雰囲気の良い場所だった。

外れにある小さな家の扉をノックすると、中からクリスと同年代くらいの少女に支えられた、顔色の良くない女性が出てきた。若々しく美しいが、やつれてしまっている。二人とも、顔立ちや髪色はシルビアとそっくりだった。

「お母さん……」

「シルビア!?　何日もどこへ行っていたの！」

王都へ父を捜しに出たシルビアが戻らず、心配していたようだ。無理もない。奴隷にされたり陰謀に巻き込まれたりで、予定していた日数は大幅にオーバーしてしまっていたのだから。

「その……ただいま」

「あなた……」

ラルドさんの姿を認めた女性は、目に涙を浮かべ、ラルドさんに抱き付いた。妹と思われる少女も、ラルドさんの腰にしがみ付いて離れない。

「もう戻ってこないんじゃないかって不安だったの」

「すまない。色々あってな」

「それはどういう……それに、そちらの方は？」

母親の視線が俺へ向けられる。妹も俺を警戒しているのかラルドさんの影に隠れてしまった。

シルビアは心配ないという風に二人に合図を送り、俺に向き直った。

「紹介します。母のオリビアと、妹のリアーナです」

「お、オリビアです。あのう、娘や夫が、何か……」

「……リアーナです」

そしてシルビアは、今度は二人に向き直る。

「それで、こちらの方はわたしのご主人様になってくれたマルスさんです」

おい、言い方。

確実に誤解を招いてしまったので、俺は自己紹介も兼ねて王都で何があったのか説明した。

ただでさえ体が弱っているオリビアさんは、娘と夫を見舞った窮状にますます顔面を蒼白にして、思わず倒れそうになった。

慌ててリアーナとラルドさんが支える。持ち直したオリビアさんは、俺に頭を下げた。

「夫と娘を助けていただいたようで、なんとお礼を言ったら……」

「気にしなくていいですよ。こっちも興味本位で首を突っ込んだことなので、最後まで責任を持っただけです」

それに、始まりは迷宮核が興味を持ったことだ。俺はむしろ煩わしいとさえ思っていたのだが、本当に、この選択をして良かったと今は思う。

「一つ確認させてもらってもよろしいでしょうか？」

「なんですか？」

「先ほど娘は、奴隷にされたと言いましたが……首輪がないということは、娘は奴隷から解放された、ということでしょうか？」

首輪は、俺が王都を発《た》つ前に、商館へ寄って正規の手続きの下で外していた。

バルバルオは俺と関わるのが嫌そうではあったが、あくまでクリーンな商人として、違法な手続きは破棄してくれた。

「はい、今の彼女が奴隷でいなければならない理由はありませんから」

「そうですか。娘を解放してくださってありがとうございます」

「それで……お母さんに相談したいことがあるんだ」

「何？」

「わたし、アリスターへ行きたい。わたしを助けてくれたマルスさんには、恩を返せていないから。それに色々あって、わたしを買ったお金は戻ってきたけど、わたしは自分で働いて返したいの」

これはシルビアが言い出したことだ。

俺は断ったが、彼女は頑として譲らなかった。融通の利かないところは父親譲りか。

「わたしにできることなんて家事ぐらいだし、身の回りのお世話をすることしかできないかもしれないけど……一生を懸けてでも返したいと思うの」

「……いいんじゃないかしら。マルスさんは、あなたを粗雑に扱ったりはしないのでしょう？　なら、ご恩はきちんと返しなさい」

オリビアさんは笑顔で見送ってくれるようだった。これで、シルビアはこれからも眷属として、俺と共に過ごす許可を得られた。だが……問題がもう一つ。

「お姉ちゃん。どこか、行っちゃうの？」

「ごめんね。お姉ちゃん、このお兄ちゃんと一緒に暮らすの」

「やぁ！」

全力で拒絶するリアーナちゃん。シルビアは、村へ着く前に軽く妹について説明してくれたが、どうも甘えたがりでわがままを言う年頃らしい。

クリスと同じ年の頃だろうが、より幼い感じがする。

「申し訳ございません。どうにも姉にベッタリなものでして」

「俺にも妹がいるので分かりますよ」

ラルドさんの言葉に俺は苦笑を返した。兄が二人のクリスと、二人姉妹の彼女とでは少々違うだろうが、下の兄妹を想う気持ちはよく分かる。

「そこで、相談なんですけど、皆さんでウチへ来ませんか？」

「私たちも、ですか？」

「ええ」

聞けば、彼らの生活はかなりギリギリらしい。

それこそ犯罪で糊口《ここう》をしのぐことすら考えなければならないほどに、だ。

手に入れたお金でオリビアさんの病気は治るかもしれないが、それでも生活苦は変わらない。

また働けるようになるまでにも時間が掛かるだろうし、それに、遠く離れた家族を心配することになるのなら、いっそ一緒に住んでしまった方がいいだろう。

「どうして、そこまで……」

オリビアさんの疑問はもっともだ。俺は単に、通り掛かっただけの男なのだから。

「俺は成り行きですけど、シルビアの主になりました。シルビアがあなたたちのことを心配だと言うのなら、主として最大限の支援をするつもりです」

だが、通り掛かっただけだと、見捨てるようなことはしない。それが俺なりの責任の取り方だ。

「……分かりました。お世話になります」

「なります！」

オリビアさんが再び頭を下げ、リアーナちゃんも話の内容は詳しく分からなかったみたいだけど、賛成すれば姉と離れ離れにならなくて済むと分かったのか、母の真似をして頭を下げた。

家族が全員揃って生活することができる。それは、俺が叶えることのできなかった願いだ。

たとえ他人であったとしても、今度は叶えることができて、本当に良かった。

「ようこそ、歓迎しますよ」

こうして、迷宮主として、そしてシルビアの主として、俺は新たな一歩を踏み出したのであった。

あとがき

本書を手に取ってくださった皆様方、はじめまして。そして、「小説家になろう」でご存知の皆様は改めまして。「ダンジョンマスターのメイクマネー」の作者、新井颯太です。

この度は、本作品をご購読くださり、誠にありがとうございます。

本作品は、小説投稿サイト「小説家になろう」にて三年前から毎日、投稿を続けていたものに加筆、修正したものになります。具体的には「なろう」における第一章と第二章、さらに第四章を改稿したものになります。「なろう」からお付き合いいただいている皆様、そして今の一文を読んだ方は気づかれたかもしれません。

「あれ、三章は？」

書籍化するにあたって最初の関門が文字数でしたね。小説投稿サイトの強みは、文字数などの制限なく自由に書けるところにあると思っています。書き始めた当初は、簡単な設定を用意しただけの見切り発車、行き当たりばったりで三章まで執筆し、一話あたり三千文字程度の話を毎日決まった時間に投稿を続けていたところ、続きを書いてみたくなったこととヒロインを登場させてみたくなって追加した四章から六章。そうして三ヶ月以上も続けていたら、やめ時を見失ってしまい、気づけば三年も続けてしまいました。書きたいように書いていたので文字数をそれほど気にしたことがなかったのです。

第四章を優先させたことによって得られたもの。それはズバリ、ヒロインの存在です。第三章までであればヒロインが登場せず、非常に地味な作品となっていたことでしょう。やはり、ライトノベルにおいてヒロインの存在は欠かせませんからね（持論）。まあ、売上うんぬんというよりも、作者である私が早々にシルビアのイラストを目にしたい、という願望もありました。

というわけで、村長との決着編でもある第三章の内容が読みたい、さらに第二のヒロインのイラストが見たいという方は、次巻をお待ちいただけるとありがたいです。

もちろん「なろう」でも続きを更新して参りますが、書籍版のラストと「なろう」第四章のラストのように、展開がまったく違うこともありますので、ご興味があれば覗いてみてください。

こうした変更は読者様からの感想を参考にしました。機会があれば変更しようと思っていたので、ガッツリ変更しました。これは、「なろう」連載の強みの一つであると思います。

あと、執筆したのが三年前なので、至らない点が多かったのもあります。

最後に感謝を述べさせていただこうと思います。

まず、素晴らしいイラストを描いてくださった落合雅先生、初めてキャラデザをいただいた時には思わず感動で震えてしまいました。特にヒロインであるシルビアの姿を見た時には、妄想が捗りましたね。私が想像していた姿よりも断然素晴らしいです。

それから、毎日ダラダラと更新を続けているだけの作品に、このような機会を与えてくださった編集部の皆様には言葉もありません。心からお礼を申し上げます。

BKブックス

ダンジョンマスターのメイクマネー

2020年5月20日　初版第一刷発行

著　者　新《あら》井《い》颯《そう》太《た》

イラストレーター　落合《おちあい》 雅《みやび》

発行人　大島雄司

発行所　株式会社ぶんか社

〒102-8405　東京都千代田区一番町29-6
TEL 03-3222-5125（編集部）
TEL 03-3222-5115（出版営業部）
www.bunkasha.co.jp

装　丁　AFTERGLOW

編　集　株式会社 パルプライド

印刷所　大日本印刷株式会社

ISBN978-4-8211-4555-3

Printed in Japan